바늘털이

달아실한국소설
21

김은호
소설집

바늘털이

달아실

발문

우리 시대의 소설가, 김은호

김미옥
문예평론가

소설가 김은호는 타고난 이야기꾼이다. 그녀의 소설은 생의 비의를 드러낸다. 그러나 절망이 아닌 희망을 치열하게 모색한다. 첫 장편소설 『리모델링』도 물질 만능의 세상에서 인간을 구원하는 것은 인간이었다.

두 번째 소설집에 등장하는 여덟 편의 소설은 각기 다른 파장의 무지갯빛을 우리에게 선사한다. 작품을 관통하는 생의 결핍은 묘하게 바다 냄새를 풍긴다. 김은호 작가의 장점이 유감없이 발휘되는 지점은 고통의 시간마저 그리움으로 순화시키는 데 있다. 지독한 슬픔이 희석되어 아련해질 때 생은 결국 기억이 아니던가.

선택할 수 없는 운명을 살아야 하는 소설 속 인물들은 저마다의 생존방식을 갖고 있다. 운명의 닫힌 시공간을 사는 이는 자신의 상처를 깊게 들여다볼 수밖에 없다. 마치 땅을 파듯 상처를 파는 일이다. 치유의 기회를 놓친 이는 자신의 상처를 핥으며 어둠 속에 산다.

이번 소설집에 특히 주목한 것은 수록된 단편소설 「바늘털이」다. 양식장에서 풀려나온 한국의 야생 무지개송어는 바다를 찾아갈 능력이 없다. 주어진 환경에 순응하면서 생존본능의 회로를 잃어버린 것이다. 그러나 "낚싯줄에 끌려와서 마지막에 하늘로 날아올라 공중돌기를 하면서 온 힘을 다하여 바늘을 떼어내고 도망가는" 놈은 바다로 돌아가는 본능을 회복한다. 어떤 인간은 생의 위기를 맞는 순간 무지개송어처럼 잃어버린 생존력을 되찾는다.

과거의 단절을 위해 인연을 외면하는 여자 「순녀의 두레박」,
늘 어긋나는 생을 사는 여자의 선택 「너울」,
가장 가까운 이들로부터 외면받는 노년의 사랑 「애골, 그 할아버지」,
버림받는 데 익숙했던 여자의 죽음 「복숭아나무 아래」,
상처를 상처로 치유한 현수의 이야기 「등대 그늘」,
재혼에 실패할 수밖에 없는 남자의 슬픈 선택 「수색역」
놓친 인연에 연연하지 않는 독신 여성의 치열한 생존기 「봉순 씨의 비 오는 날 출근 분투기」

소설 속 인물들은 저마다 자신의 방식으로 고통에 저항한다. 그들은 인생의 행불행은 빛과 그림자처럼 돌아간다는 걸 알고 있다. 세상을 바라보는 작가의 독특한 감수성이 서사를 몰아가는 원동력이다. 김은호의 문장은 때로 거친 강물이나 사유는 윤슬로 빛난다.

그의 작품은 다만 보여줄 뿐, 생의 발원지에서 흘러내리는 강물처럼 자유롭다. 우리를 데려가는 곳은 사유의 바다다. 김은호의 다음 작품이 벌써 또 보고 싶다. 이번엔 어떤 이야기로 우리를, 어디로 데려갈 것인가.

|차례|

바늘털이

국도변 한쪽에 차를 세우고 멀리 흐르는 기화강을 바라봤다. 흔들리는 물결 위로 햇살이 잔잔하게 튀어 오르고 있었다. 떼를 지어 이동하는 물고기들의 은빛 비늘 같았다. 바람이 강을 건너 불어오는가. 내려다보이는 갈대숲이 일제히 금빛으로 일렁거렸다. 차에서 내려 도롯가의 펜스를 훌쩍 뛰어넘었다. 두 손으로 갈대를 헤치며 강변을 향해 걸었다. 서걱 서걱 서걱. 메마른 갈대들의 함성이 부서졌다. 자갈밭에 선 채 숨을 깊이 들이쉬었다. 밀려나는 잔물결에 물비린내가 연하게 묻어 있었다. 겨울이 시작되고 있었다. 이곳에서 겨울을 견디지 못할 녀석들은 갈대가 금빛으로 변하기 전, 이미 멀리 떠났을 것이다. 오랫동안 전해 내려오는 조상들의 습성으로 이곳에서 모진 시간을 견뎌내야 할 녀석들도 지금쯤은 모두 깊은 강바닥으로 이동했을 것이다. 그것은 이 강에 안겨 살아가는 물고기들의 삶의 방식이었다. 하지만 나는 오랜 낚시 경험으로 나만이 알고 있는 것이 있었다. 이맘때쯤 이곳에 오면 아직도 남아 춤추는 녀석들이 몇은 있다는 것을. 모두가 떠난 차가운 강 속에서 홀로 춤출 수 있는 녀석이라면 그것만으로 충분했다. 딱 한 녀석만이라도 만나볼 수 있다면, 단 몇 분 만이라도 겨뤄볼 수 있다면, 이토록 들끓고 있는 마음을 조금은 식힐 수도 있을 것 같았다. 이젠 내 안에서 그녀를 순순히, 어쩌면 완전히 놓아줄 수 있을 것도 같았다.

점심 식사 후, 휴식을 취하고 있을 때였다. 음성메시지 알람이 울려 핸드폰을 열었다. 그녀의 이름이 떠 있었다. 어쩐지 불안한 느낌에 빠르게 버튼을 눌러나갔다. 삐, 소리가 나고 그녀의 목소리가 흘러나왔다. 나, 연희. 여기는 인천공항이야. 한 시간 후에 떠날 미국행 비행기를 기다리고 있어. 그녀는 잠시 말을 끊고 길게 숨을 내쉬었다. 짧은 시간이었지만 고마웠어. 모든 것이 다 말라버린 내 속에 따뜻하게 채워준 것을 결코 잊지 않을게. 이해하고 싶지는 않겠지만 이곳에 더 이상 머무를 수가 없어. 많이 그리울 거야. 온몸의 힘이 스르르 빠져나가면서 나는 그 자리에 털썩 주저앉아버리고 말았다.

그녀를 마지막으로 만난 것은 일주일 전이었다. 시내의 음식점에서 만나 함께 저녁을 먹고 술을 마실 수 있는 근처의 카페로 자리를 옮겼다. 그녀를 위해 달콤한 과일향 피어나는 시라즈 와인을 주문했다. 주문한 와인이 나오자 나는 바이올렛빛이 도는 고운 그것을 그녀의 잔에 따르며 말했다.

"다음 주말에 기화강 어때요?"

"기화강?"

"네. 한 번쯤은 더 가보고 싶어 하지 않을까? 하는 생각이 들어서."

"아. 맞아. 한 번쯤은 더 가보고 싶기도 했는데……."

그러나 그녀는 뭔가 망설이는 듯 말끝을 흐렸다. 기화강은 그녀의 아버지가 민물고기를 잡아 그녀를 키웠다던 정선의 강이었다. 생계를 위해 낚시하는 아버지를 따라다니던 어린 시절의 그녀, 하지만 아버지가 세상을 떠나자 다시는 가보지 못했다는 그 얘기를 나는 오래전 그녀에게서 들은 적이 있었다. 그때 나는, 언젠가 그녀와 함께 꼭 그 강에 가보고 싶다는 생각을 했었다. 하지만 그녀는 내게서 너무 빨리 떠나버렸으므로 우리에겐 그런 기회가 주어지지 않았다.

직장에서 자리를 잡고 생활에 제법 여유도 생기게 되면서 나는 강낚시를 하게 됐다. 전국의 강이란 강은 안 가본 곳이 없을 정도로 많이 돌아다녔다. 강을 왜 그렇게 좋아했는지는 나도 잘 모를 일이었다. 흐르는 물을 바라보는 것이 그냥 좋았다. 송어 낚시를 전문으로 하게 되면서부터는 송어가 많이 사는 강원도 중부내륙의 강들을 찾아다녔다. 가끔은 정선의 기화강에도 갔다. 그곳에 갈 때면 항상 그녀가 생각났다. 시간이 너무 많이 흘러 다 잊은 줄 알았는데 그게 아니었다. 그 강에 홀로 들어가 견지대를 흔들며 챔질을 하고 있으면, 그녀와 이곳에 함께 서 있으면 얼마나 좋을까? 하는 생각이 들었다.

"같이 가요. 그곳에서 함께 송어 낚시를 해보고 싶어요."

나는 조르듯 말했다.

"며칠만 더 있으면 12월인데, 시기상으로 너무 늦은 거 아닐까. 은호?"

그녀는 말끝에 내 이름을 붙이며 물었다. 어쩐지 미국식 느낌이 나면서 순식간에 그녀가 내게서 멀어지는 기분이었다.

"송어는 냉수성 어종이라 12월 중순까지는 괜찮아요."

갑자기 그녀를 꼭 데리고 가야겠다는 마음이 강하게 솟아올랐다. 이상한 조바심이 함께 몰려왔다.

"사실, 낚시를 가서 고기를 잡고 못 잡고는 그리 중요한 일이 아니에요. 낚시란 고기를 만나게 될 때까지의 과정이라고 할 수 있어요."

나는 되도록 조심스럽게 말했다.

"준비의 시간, 기다림의 시간, 만나서 함께 어우러지는 시간……."

무언가 미진한 것 같아서 언젠가 강변에서 만난 은빛 머리의 노(老) 조사가 들려준 말을 덧붙였다.

"함께 어우러지는 시간이라……."

내내 듣기만 하던 그녀는 내 말을 가만히 되뇌었다. 뭔가 불안한 느낌에 나는 그녀의 옆얼굴을 흘깃 훔쳐봤다. 오렌지빛과 핑크빛 조명등 불빛이 보랏빛 와인이 반쯤 담긴 크리스털 와인잔을 투과하며 그녀의 얼굴 위로 연한 무지갯빛을 그려내고 있었다. 무지갯빛을 머금은 그녀의 하얀 얼굴과 내가 어렴풋 알고 있는 그녀의 삶의 궤적이 언뜻 무지개송어의 그것과 닮은 것도 같다는 생각이 들었다.

무지개송어는 일반 송어와 모양은 비슷했다. 하지만 전체적으로 은은한 은빛에 연한 무지갯빛을 머금고 있어서 일반 송어보다는 더 아름다웠다. 자라면 자랄수록 빛은 선명해졌고 산란기에 이르면 그 화려함이 절정에 달했다. 대부분 종류의 송어들은 강에서 태어나 바다로 나가 자랐고 다시 강으로 돌아와 죽었다. 하지만 무지개송어는 다른 송어들처럼 바다로 나가지 못했다. 자신들이 태어난 강에서만 살았다. 오래전, 미국 태평양 연안의 강과 바다에서 살던 무지개송어들이 양식을 목적으로 우리나라에 대량 수입되었다. 녀석들은 중부내륙의 강 일부를 막아서 만든 가두리 양식장에 갇혀 살았다. 시간이 흐르면서 자신들이 더 이상 바다로 돌아갈 수 없음을 알게 되자 녀석들은 몸속에 필요치 않은 기능들을 하나하나 지워버렸다. 현재의 생존에 좀 더 집중하기 위해서였다. 그러나 녀석들에게도 다른 세상으로 나갈 기회는 주어졌다. 어느 해 여름, 몇십 년 만의 큰 홍수가 나면서 가두리 양식장 한 귀퉁이가 터지는 일이 일어났던 것이다. 많은 녀석들이 그 길을 통해 양식장과 맞닿은 강과 계곡으로 탈출했다. 그때부터 녀석들은 거친 야생에서 살아가기 시작했다. 스스로 산란하고 부화하는 자연의 능력을 회복하면서 점점 번식해갔다. 그리고 한국의 야생 무지개송어라는 새로운 이름을 얻었다. 하지만 딱 거기까지였다. 안타깝게도 한국의 무지개송어들은 지구상의 모든 송어들이 가지고 있다는, 바다를 찾아가는 능력을 끝내 회복하지 못했다. 송어 낚시를 하는 사람들은 말했다. 녀석들의 몸속에 새겨진 바다를 찾아가는 길의 회로가 완전히 지워졌기 때문이라고. 그들이 너무 오랫동안 자신들이 가야 할 그 길을 가지 못했기 때문이라고.

한참을 흐르는 강물을 바라보며 서 있던 나는 갈대밭을 거슬러 올라 차를 세워둔 곳으로 다시 돌아왔다. 트렁크를 열어 평소 넣어 가지고 다니던 낚시 장비를 챙기기 시작했다. 아무래도 강심으로 직접 들어가야만 마음을 진정시킬 수 있을 것 같았다. 이곳에 아직 남아 있을지도 모를 어떤 녀석에게 어설픈 손짓이라도 해봐야 지금 시간을 견딜 수 있을 것 같았다. 가방 속에 있던 두터운 보온용 스타킹을 꺼내 신고 가슴 위까지 올라오는 겨울용 고어텍스 바지장화를 입었다. 탄력 좋은 텐트 폴대로 만든 견지대 두 개를 등 뒤에 꽂고 자박거리는 자갈길을 걸어 다시 강변으로 나왔다. 유속이 완만하여 여울이 형성되는 한 지점을 포인트로 잡았다. 그 위쪽으로 설 자리를 찾아 미끄러운 돌멩이들을 두 발로 더듬으며 앞으로 나갔다. 한 발, 한 발, 천천히 나가다 허리까지 물이 차오른 곳에 멈춰 섰다. 한 곳으로 흐르던 물줄기가 몸을 중심으로 양쪽으로 갈라졌다. 물줄기는 곧 다시 맞물려 하나가 됐다. 밖에서 보던 것보다는 훨씬 유속이 빨랐다. 낮아진 수온 때문인지 허리께로 유난히 수압이 강하게 느껴졌다. 물살이 함께 춤을 추자는 듯 리듬을 타며 온몸으로 밀려들었다. 하체에 무게 중심을 잡고 온 힘을 다하여 버티지 않으면 자칫 물살에 밀릴 것 같았다. 수장대를 강심 깊숙이 박고 그 옆에 섰다. 등에 꽂은 견지대를 하나 빼어 바늘 끝에 미끼를 꿨다. 목에 건 미끼통에서 깻묵가루를 꺼내 흐르는 물에 천천히 흘렸다. 물 흐름에 맞춰 챔질을 시작하자 헝클어졌던 마음이 조금은 진정되는 것 같았다. 수장대 하나를 의지 삼아 넓은 강 속에 홀로 선 나는 아득한 강 끝을 바라봤다. 오후 들어 강심 곳곳에 다시 피어오르는 물안개들을 초겨울의 여린 햇살이 안간힘을 쓰며 밀어내고 있었다.

오래전이었다. 어려운 집안 형편으로 대학을 포기한 나는 한동안 실의에 빠져 있었다. 사정 얘기를 들은 먼 친척 아저씨가 자동차 기술 배우면 밥은 먹고 산다고 했다. 그는 자신이 운영하는 자동차 정비소가 있는 강릉으로 나를 데리고 갔다. 그곳에서 기술을 배우며 2년을 지냈다. 정비소 바로 옆에 오래된 삼층 건물이 있었다. 일층은 정비소 사무실로 쓰고 있었지만 이층은 워낙 낡은 건물이라 세입자가 인근의 새 건물로 빠져나가 텅텅 비어 있었다. 삼층 꼭대기에 있는 미술교습소는 몇 개월이나 영업을 중단한 상태였지만 시설은 그대로 두고 있었다. 원장이 건강 문제로 교습 활동은 중단했지만 작업실로 쓸 생각에 세를 빼지 않는다는 것이었다. 어느 날, 오랫동안 사람이 드나들지 않던 그곳에 한 여자가 들어왔다. 원장의 미대 후배라는 그 여자는 그곳을 임시 거처 겸, 작업실로 쓴다고 했다.

그녀는 오후만 되면 정비소 마당으로 내려왔다. 해바라기꽃이 핀 화단 돌바위 위에 앉아 기름때 묻은 작업복 차림의 내가 일하는 것을 물끄러미 바라보다가 올라가곤 했다. 하루는 그녀가 내게 자동차 수리하는 모습을 스케치해도 되겠느냐고 물었다. 부끄럽기는 했지만 안 된다고 할 것도, 못하겠다고 할 일도 아니었다. 타이어 교체하는 장면, 정비 기계에 차를 올리고 밑에 들어가 분해 작업하는 장면, 엔진오일 교체하는 장면, 도색용 페인트 분사하는 장면. 기름때에 절은 작업복의 내 모습은 그녀의 스케치북에 날마다 채워졌다. 그녀는 언제나 붉은 체크무늬 남방과 물 빠진 청바지만을 입고 있었다. 소맷자락을 몇 번이나 접어 올려 팔이 항상 노출돼 있었는데 살결이 유난히도 희다고 나는 생각했다. 초가을 햇살이 정비소 마당 가득히 떨어질 때, 돌바위 위에 올라앉아 스케치에 몰두하는 그녀의 모습은 햇살보다 더 빛나 보였다. 나는 일을 하면서 간간이 그녀를 훔쳐봤고 가끔은 눈이 마주치기도 했다. 그럴 때면 말없이 서로에게 씩 웃어주는 게 고작이었다. 어느 저녁이었다. 스케치를 마친 그녀가 내게 말했다.

"3층의 작업실로 올라가 차를 한잔하지 않겠어요?"

2년이나 일했지만 3층은 처음이었다. 그녀는 내게 작업대 앞 의자에 앉으라고 하더니 한쪽 구석에 가려놓은 비닐 커튼을 옆으로 밀쳤다. 조그만 싱크대 세트가 나왔다. 찻잔을 두 개 꺼내 쟁반에 올려놓고 커피포트에 물을 따르던 그녀가 갑자기 나를 돌아보며 말했다.

"차 말고 술로 한잔하실래요?"

그것이 시작이었다. 술이 조금 들어가자 나는 용기가 생겼다.

"화가인가요?"

여자는 고개를 살래살래 흔들더니 씩 웃었다.

"아, 항상 그림을 그리고 계시니 화가인 줄 알고."

내가 너무 조심스럽게 말해서일까? 그녀는 잠시 생각하더니 자신의 얘기를 잠깐 들려줬다. 미대 2학년까지 다녔는데 더 이상 다닐 여건이 못 되어 지금은 휴학 중이라고 했다.

"3년 전, 아버지가 지병 끝에 돌아가셨어요. 혼자 남게 됐지요."

"다른 가족들은 없나요?"

"혼자예요. 이 세상에 혼자. 말하자면 고아지요."

그녀는 작업대 한쪽 귀퉁이에 놓인 담뱃갑을 집더니 담배를 한 개비 꺼내 물었다. 청바지 주머니에 손을 넣어 더듬더니 라이터를 꺼내 불을 붙였다. 후. 깊게 빨아들인 숨을 내뱉었다. 그녀의 하얀 얼굴이 흩어지는 연기 속에 어른거렸다.

"사실은 미국에 엄마가 계신데, 저에게는 뭐, 죽은 거나 마찬가지예요."

그녀가 여섯 살 때, 그녀의 엄마는 아버지와 이혼하고 미국으로 건너갔다고 했다. 아버지는 어린 그녀를 데리고 당신의 고향인 정선으로 돌아왔다. 기화강에서 민물고기를 잡아 강변 인근의 매운탕 집에 그것들을 대주는 일을 하며 그녀를 키웠다. 아버지는 그녀의 엄마가 그녀와 연락하는 것을 절대 허락하지 않았는데 그녀가 중학교에 입학하자 돌연 마음을 바꿔 엄마에게 가서 사는 것이 어떻겠느냐고 물었다. 원하는 화가의 꿈도 키울 수 있고 좋은 기회가 많을 텐데 미래를 위해서는 이곳보다 그곳이 낫지 않겠느냐고. 자신은 이곳에서 그녀의 꿈을 위해 해줄 수 있는 게 없다고. 그렇게 아버지의 설득으로 그녀는 중학교 1학년 때 미국으로 가게 됐다고 했다. 하지만 그녀는 나중에야 알게 됐다. 이미 그때 아버지의 몸에는 고치지 못할 병이 퍼져가고 있었다는 것을.

"그러면 한국에는 언제 들어왔어요?"

"고등학교 2학년. 4년 만에 다시 돌아왔지요."

"왜요? 고2면 한참 중요한 시기였을 텐데."

그녀는 옛 생각으로 돌아간 듯 멍하니 창밖을 바라보다 다시 담배를 꺼내 물었다. 나는 작업대 위에 놓인 라이터를 집어 재빠르게 불을 켠 다음 담배 끝에 붙여줬다.

"내가 그곳에서 살던 4년 동안 엄마에게는 세 번이나 남자가 바뀌었어요. 그리고 세 번째 남자랑 살던 어느 날, 다시는 생각하고 싶지 않은 일이 내게 일어났죠."

말을 끊고 잠시 나를 쳐다봤다.

"아니, 그 얘기는 그만해요. 그날 이후로 내겐 엄마란 존재는 없는 것으로."

그녀에 대해 너무 많은 것을 알게 된 것 같았다.

"그런데, 우리 이쯤에서 친구해도 될 것 같은데. 몇 살이죠? 나는 스물셋."

그녀는 내 나이를 물었다. 나는 잠시 머뭇거리다 겨우 입을 열었다.

"스물하나요."

"그럼 군대는 아직 안 갔다 왔겠네."

피우던 담배를 접시에 비벼 끄더니 갑자기 말을 내렸다. 괜히 억울한 마음이 들었다. 나는 더 이상 대답하지 않고 앞에 놓인 술잔만 들이켰다. 그녀도 더 이상 다른 말은 하지 않고 술을 마셨다. 병에 남아 있던 마지막 술을 따라 입에 털어 넣은 그녀가 맞은편 자리에서 일어나더니 그리 길지 않은 작업대를 돌아 내가 앉아 있는 곳으로 왔다. 순간, 나는 당황했다. 그녀는 작업대 위에 한쪽 엉덩이를 걸치고 서서 내게 상체를 구부리더니 고양이 같은 눈으로 내 눈을 들여다봤다.

"오늘 밤 나와 함께 있지 않을래? 사실은 내 몸에 배터리가 다 떨어져버렸거든. 당장 무언가로 채워 넣지 않으면 난 죽을지도 몰라. 어쩌면 곧."

아무도 없는 한여름의 숲속, 나뭇가지에 쳐놓은 거미줄에 걸려버린 것처럼 꼼짝할 수가 없었다. 그녀의 하얀 두 손이 내 머리를 살며시 잡았다. 가느다란 열 개의 손가락이 아직도 엔진오일로 끈적이는 것 같은 내 머리칼 속을 부드럽게 헤집고 들어왔다. 어느새 내 입술에 와 닿은 그녀의 입술이 태양빛에 달아오른 조약돌처럼 뜨거웠다. 거미가 계속 자아내고 있는 하얀 줄에 칭칭 감긴 나비가 된 것 같았다. 파닥이면 파닥일수록 줄은 점점 더 출렁거렸다. 현기증이 나 눈을 감았다. 나도 모르게 그녀를 꽉 부둥켜안았다. 그리고 알 수 없는 힘으로 그녀를 작업대 위에 힘껏 쓰러뜨리고 말았다.

좁은 강릉 바닥에 소문은 금방 퍼졌다. 내가 일하는 정비소와 그녀가 사는 교습소가 같은 건물에 있다는 것이 알려지며 두 사람이 동거한다는 소문이 났다. 화가 지망생과 연하의 자동차 정비공의 사랑. 그녀의 친구들 사이에서는 그녀가 학교를 그만둔 뒤 우울증을 앓다가 살짝 미쳐버렸다는 말까지 나돌았다. 어쩌면 그것이 틀린 말은 아니었다. 그즈음 나는 일주일에 여섯 번은 그녀를 찾아 도둑고양이처럼 3층으로 올라갔다. 둘을 제외한 이 세상 모든 것은 다 없는 시간이었다. 오직 둘만이 살아서 꿈틀대는 생명체였다. 아무도 드나들지 않는 그곳 3층에서 우리는 서로의 존재를 확인하고 또 확인했다. 그러나 그리 길게 가지는 못했다. 어느 날 그녀가 말했다. 그동안 고마웠다고. 이제는 어떻게든 살 수 있을 것 같다고. 버텨낼 수 있을 것 같다고. 그리고 그녀는 그곳을 떠났다.

첫눈이 흩날리던 오후였다. 오전 일을 마친 나는 단골 기사식당으로 점심 먹으러 가고 있었다. 식당 마당으로 막 들어서고 있는데 얼마 전 다른 정비소로 옮겨갔던 친구가 식당 밖으로 걸어 나오는 것이 보였다. 함께 일할 때 서로의 속사정을 훤히 꿰고 지내던 친구였다. 그는 내게 다가오더니 그녀가 결혼하는 것을 알고 있냐고 물었다. 알지 못하는 일이라고 대답했다.

"그러게 왜 애초부터 되지도 않을 사람하고 시작을 했어?"

그는 힐난하듯 말했다. 눈앞이 캄캄해지며 아무 생각도 나지 않았다. 미술교습소 원장과 누나, 동생 하며 지내던 그 친구는 여자의 신랑 될 사람이 서울 사람이어서 결혼식을 서울에서 올릴 것이라는 것과 그 날짜가 12월 23일이라는 것을 알려주었다.

그녀의 결혼식 날은 그해 들어 두 번째로 눈이 내리는 날이었다. 이른 아침부터 커다란 눈송이가 쏟아지더니 거센 바람과 함께 앞이 안 보일 만큼 눈이 퍼부어댔다. 이 결혼식에 가야 하나, 말아야 하나를 전날 밤 내내 고민했다. 그러나 그렇게라도 한 번 그녀를 보고 싶은 마음은 결국 나를 서울행 고속버스에 몸을 싣게 했다. 강남터미널 4번 출구 쪽에 위치한다는 예식장을 찾아 들어섰다. 버스를 타고 오는 내내 그렇게 마음을 다독거렸건만 가슴이 두근대고 초조해져 견딜 수 없었다. 어느 구석진 곳에서 담배라도 한

대 피워야만 마음이 진정될 듯싶었다. 건물 안을 이리저리 헤매던 나는 비상계단 팻말을 보고 그리로 걸음을 옮겼다. 담배 한 대 피우는 것이라면 그곳도 괜찮을 것이라는 생각이었다. 비상계단으로 통하는 문을 미는 순간, 그곳 계단에 쭈그리고 앉아 담배를 깊이 빨아들이던 한 남자와 나는 정면으로 눈이 마주치고 말았다. 그는 아이보리색 와이셔츠에 검은색 턱시도를 입고 셔츠와 같은 색깔의 넥타이를 매고 있어 이곳 예식장에서 열리는 결혼식의 주인공이라는 것을 쉽게 짐작할 수 있었다. 야윈 몸이었지만 큰 키에 깨끗한 피부, 귀티 나는 얼굴이었다. 그러나 뭔가에 쫓기는 것 같은 눈빛이었다. 눈이 마주쳤을 때 그는 담배를 막 빨아들이던 순간이었는데, 그의 입술 끝에서 빨갛게 타들어가던 작은 불빛은 마치 궤도를 이탈한 떠돌이별 같았다. 그 느낌이 너무 섬뜩해 더 이상 안으로 들어가지 못하고 그 자리에 서버렸다. 갑자기 멈추어선 나를 보고 그는 당황하더니 이내 어색한 웃음을 지어 보였다. 내가 자신의 결혼식 하객이라고 생각하는 것 같았다. 나는 보지 말아야 할 비밀을 엿본 사람이 된 것 같았다. 얼른 그에게 고개를 숙여 미안함의 표시를 하고 몸을 돌려 그곳을 빠져나왔다. 신부 대기실을 찾아서 걸어 들어갈 때, 문밖으로 젊은 여자들의 웃음소리가 쏟아져 나왔다. 열려진 문으로 보이는 그녀는 잔잔한 진주들이 가득 달린 아이보리빛 웨딩드레스를 입고 친구들에게 둘러싸여 웃고 있었다. 더 이상 그 방으로 발을 들일 수 없었다. 가슴이 두근거렸다. 금방이라도 눈물이 흘러내릴 것 같았다. 당황스러웠다. 누구에게 그 모습을 들킬까 급히 발걸음을 돌려 예식장을 빠져나왔다. 그것이 내가 본 그녀의 마지막 모습이었다.

그녀의 소식을 처음으로 들은 것은 군대를 제대하고 유명 자동차 회사에 기술 정규직으로 입사하여 회사 생활을 막 시작했을 때였다. 그때 나는 서울 근교의 공장으로 발령이 나서 어머니가 사시는 서울 집에서 출퇴근을 하고 있었다. 연말에 수도권에 살고 있는 강릉의 옛 친구들과 술자리를 갖게 됐는데 그때 그 소식을 들었던 것이다. 한 잔, 두 잔 들어가던 술이 세 병, 네 병으로 늘어나고, 기분 좋게 취한 상태가 되었을 즈음에 그녀의 결혼 소식을 전해줬던 녀석이 그녀 이야기를 꺼냈다. 그녀가 결혼한 지 이 년 만에 사별했다는 것이었다.

"무슨 소리야?"

"결혼하고 미국으로 갔는데 이 년 만에 남편이 암으로 죽었대. 신랑 집에서 둘 다 미국 유학을 시켜준다는 조건이 있어 덜컥 결혼한 것 같던데 그렇게 되어버렸지 뭐야. 나도 얼마 전에야 강릉의 원장 누나에게 얘기 들었어."

눈보라가 퍼붓던 그녀의 결혼식 날, 비상계단에서 초조하게 담배를 피우던 그 남자의 눈빛이 떠올랐다. 그녀의 불행은 결혼식 날 이미 예고됐는지도 모른다는 생각이 들었다.

그 후로도 몇 년에 걸쳐 나는 간간이 그녀의 소식을 전해 들을 수 있었다. 사별 후 대학에서 다시 그림 공부를 한다는 것, 졸업하고 만난 미국인 사업가와 재혼했으나 얼마 못 살고 이혼했다는 것, 지금은 뉴욕의 한 화랑을 인수하여 그 계통에서는 꽤 성공적인 삶을 살고 있다는 것, 등이었다. 가장 최근에 들은 것은 안타깝게도 몹시 가슴 아픈 소식이었다. 근래 미국에 불어닥친 불황의 여파를 이기지 못해 힘들어하다가 사업을 모두 정리했는데 지인들과도 연락을 끊어버려 지금은 어디에 있는지도 모르겠다는 것이었다. 항상 한국을 그리워했다고 했으니 어쩌면 아무도 몰래 이곳에 와 있을지도 모르겠다고 그는 말했다.

왼손으로 깻묵가루와 미끼를 살살 흘리며 오른손으로는 연속적으로 챔질을 했다. 잠시 후, 30센티가 조금 넘는 누치가 견지대에 달려 올라왔다. 누치들은 일반적으로 수온이 조금만 떨어져도 강바닥에 바싹 붙어 꼼짝도 하지 않았다. 그런데 한 번씩 숨을 내쉴 때마다 뿌연 입김이 확확 나오는 이 날씨에 아직도 돌아다니는 녀석이 있다니 어처구니가 없었다. 녀석아. 너를 만나려고 이 추운 날, 이곳까지 달려온 것이 아니란다. 멀리, 멀리 가라. 다시는 돌아오지 마라. 나는 누치의 주둥이를 열어 바늘을 떼어내고 강심 멀리 던져버렸다. 지속적으로 내려보내는 미끼 탓인지, 노련한 챔질 탓인지, 전방 20미터 너머로 흘려보내던 바늘 끝에 무언가 묵직한 걸림이 느껴졌다. 앞에서 낚았던 누치와는 확실히 다른, 무거우면서도 날렵한 느낌이었다. 어쩌면? 하면서도 긴가민가 머뭇거리는

데 그 순간, 탄력 좋은 텐트폴 견지대가 사정없이 타타타타 소리를 내며 튀었다. 등줄기에서부터 목뒤로, 머리끝으로 뭔가 찌르르 뻗쳐올라가는 것이 느껴졌다. 송어다! 손끝으로 느껴지는 느낌이 분명히 송어였다. 가지런하게 감아놓은 낚싯줄이 사정없이 풀리면서 튕겨 나오는 소리와, 그 줄을 끌고 내달리는 녀석에게서 느껴지는 힘이 50센티는 족히 넘어갈 대물이었다. 그간의 모든 번민을 한 순간에 잊고 주체 못 하게 뻗쳐오르는 흥분, 나는 애써 마음을 가라앉혔다.

그녀의 전화를 받은 것은 결혼식장에서 마지막으로 본 지 17년도 더 지난 올해 봄이었다. 오랫동안 단 한 번의 통화도 한 적 없었지만 나는 그녀의 목소리를 단번에 알아들었다. 그녀는 내가 서울로 올라와 자동차 회사에서 일하는 것을 알고 있었다. 그녀도 누군가를 통해 내 근황을 듣고 있는 것 같았다. 옛날보다는 살이 조금 쪘고 여유 있고 편안해 보이는 얼굴이었다. 친구로부터 들었던 소식을 바탕으로 예상하기에 많이 힘들고 지친 모습이지 않을까? 했는데 전혀 그렇지가 않았다. 추운 겨울에 대비해 몸 곳곳에 지방을 저장하는 물고기처럼 기름지고 윤택한 모습이었다. 다행스럽다는 생각이 들었다. 그녀는 대뜸 내게 결혼은 했느냐고 물었다.

"그럼요. 내 나이가 지금 몇인데요."

"세월이 이렇게 가버린 것을 잊고 있었네. 아이는?"

"아들 하나. 딸 하나. 둘 다 중학생들이에요."

"행복하겠네."

"그냥 그럭저럭 사는 거지요 뭐."

잠시 어색한 기류가 흘렀다. 그녀가 다시 입을 열었다.

"나는 아이가 없어."

"왜요?"

"글쎄, 하나님께서 내게는 안 주시네."

그녀의 얼굴에 잠시 쓸쓸함이 어렸다. 언제 들어왔냐고 물었더니 이제 한 달 남짓 되었다고, 언제 들어가느냐 하니 아직은 잘 모르겠다고 대답했다.

"어쩌면 안 돌아갈 수도 있고."

그녀는 대답 끝에 남의 일인 양 무심한 어투로 덧붙였다. 웃음이 났다. 오랫동안 잊고 있었지만 그것은 그녀만의 화법이었다.

"왜 웃어?"

"아니요. 많이 변하지 않은 것 같아서요."

나는 웃음을 거두며 말했다. 분위기를 바꿔보고 싶은 마음에 교외로 나가보는 것이 어떻겠느냐고 물었다. 그녀는 선뜻 그러자고 했다. 어디든지 데려다줄 테니 가고 싶은 곳이 있으면 말해보라고 했다. 잠시 생각하던 그녀는 시원한 바람이 부는 강가라도 가보고 싶은데 너무 늦은 것은 아니냐고 했다. 순간적인 느낌에 어릴 적 아버지와 함께 보내던 기화강을 그리워하는 것 같았다. 그리 먼 곳은 아니었다. 예전보다는 도로가 좋아져서 세 시간 정도면 충분히 그곳에 닿을 수 있었다. 그곳을 목적지로 정하고 주차장에서 차를 빼 왔다. 옆 좌석에 그녀를 태우고 내비게이션을 찍은 다음 서울을 빠져나왔다. 주중 오후라 그런지 영동 고속도로는 한산했다. 120킬로의 속도를 유지하며 달렸다. 2시간 30분 정도 달리자 굽이굽이 흐르는 푸른 강줄기가 차창 밖으로 보이기 시작했다. 정선을 감고 도는 조양강이었다. 그 강을 끼고 뻗어 있는 국도를 계속해서 달려 올라갔다. 그렇게 20분 정도 더 달리자 드디어 기화강 줄기가 나타났다. 강 건너 서편 하늘에 선홍색 석양이 뉘엿뉘엿 잠기고 있었다. 강을 끼고 펼쳐진 강변 자갈밭으로 들어섰다. 속도를 낮추고 천천히 전진했다. 구르는 바퀴 아래로 잘그락거리는 자갈 소리가 계속 따라왔다. 잔물결들이 밀려나는 강변 바로 앞에 차를 멈추고 엔진을 껐다.

"아, 진짜 이곳에 왔네. 그리웠는데……."

그녀가 밀려오는 어둠으로 어슴푸레해지는 기화강을 바라보며 말했다. 얼마나 오랫동안 나는 그녀와 이곳에 오는 꿈을 꾸었던가. 내 가슴은 17년 전, 그때의 청년으로 되돌아간 것처럼 마구 방망이질 치고 있었다.

녀석이 가고 싶은 곳까지 달려가도록 빨리빨리 줄을 풀어 내렸다. 얼마나 내려 달렸을까? 70미터쯤 감아놓은 줄이 거의 50미터쯤 풀렸을 때야 녀석이 잠시 멈췄다. 이때다. 더 이상 틈을 주면 안 된다. 다시 급하게 줄을 감으며 견지대를 두 손으로 움켜잡았다. 팽팽한 탄력을 유지한 채 설장을 마구 돌리자 아까 풀린 줄이 사정없이 감겨왔다. 그러나 20미터쯤 줄이 남았을 때, 녀석이 다시 한 번 크게 힘을 쓰는 것이 느껴졌다. 그래, 네 녀석이 그렇게 쉽게 끌려올 녀석이 아닌 것쯤은 내가 안다. 기다리마. 나는 줄 감는 것을 잠시 멈췄다. 그 자리에 멈춘 채 온 힘을 쓰며 버티던 녀석은 작정한 듯 물속을 사정없이 휘돌아쳤다. 아무래도 녀석을 달래야 한다는 생각이 들었다. 박자를 조금 늦추고 줄을 당기던 힘을 살짝 풀어봤다. 가만히 기다리니 녀석이 잠시 조용해졌다. 이때다 싶어 다시 줄을 살살 감아 붙였다. 그러나 녀석은 딱 아까만큼 와서는 또 버텼다. 애간장이 다 타는 것 같았다. 아무리 탄력 좋은 텐트폴대라 하지만 녀석의 버티는 힘에는 못 견디겠는지 거의 45도 각도로 구부러져 있었다. 부러질지, 뜯어질지, 어느 순간에 어떻게 될지 알 수가 없었다. 할 수 없이 견지대를 중간까지 움켜잡았다. 위험한 각도는 펴졌지만 그 때문에 줄은 금방이라도 터져버릴 듯 팽팽해졌다. 바늘 묶은 건 괜찮을까? 줄은 끝까지 버텨줄까? 불안한 마음 속에서도 잡아야 한다는 집념은 점점 더 강해졌다. 그러나 그것은 마음뿐, 곧바로 피융피융 하면서 또 줄이 풀리는 소리가 들렸다. 이번에는 30미터쯤 풀리자 녀석이 힘을 빼고 움직임을 멈췄다. 그래, 아까보다 힘이 떨어졌을 테니 당연하지. 그럼 이제 내 차례다. 우리 다시 한 번 해보자꾸나. 나는 다시 줄을 감아 붙이며 이번이 정말 마지막이었으면 싶다고 생각했다.

한참 동안 말없이 강을 응시하던 그녀가 고개를 돌리더니 내게로 살며시 몸을 기대왔다. 마치 감전된 것처럼 나는 꼼짝할 수 없었다. 그녀의 머리카락에서 이른 봄 강변에 가득 피어나는 개망초 꽃향기가 피어났다. 내가 경직된 몸을 그대로 세우고 꼿꼿하게 앉아 있자 그녀가 자신의 오른손을 들더니 내 왼편 가슴에 대고 지그시 눌렀다. 그녀의 손바닥 온기가 따뜻하게 전해왔다.

"이 가슴도 참 그리웠는데."

더 이상 참을 수가 없었다. 나는 양손으로 그녀의 얼굴을 꼭 감쌌다. 한 손으로 가려질 만큼 작은 얼굴이었다. 그녀의 두 팔이 내 목을 끌어안으며 온몸을 붙여왔다. 홀로 강심에 서 있을 때 거침없이 내게로 밀려들던 물살 같았다. 뭉클한 그녀의 가슴이 방망이질하는 내 심장을 부드럽게 감쌌다. 나도 모르게 그녀의 입술에 입을 맞추고야 말았다. 뜨거운 혀가 순식간에 내 입술을 열고 들어왔다. 한 손을 등 뒤로 돌려 쉬폰 원피스 지퍼를 끌러 내렸다. 어깨 부분이 스르르 흘러내리다 봉긋하게 솟아오른 가슴에서 멈추었다. 날렵한 어깨와 풍성한 가슴이 옅은 어둠 속에서 흐릿하게 빛났다. 그녀의 좌석 아래 손을 넣어 밸브를 눌렀다. 등받이가 점점 젖혀지며 그녀의 몸도 함께 젖혀졌다. 의자 밑으로 흘러내린 원피스 자락을 들어 올리자 미끈한 허벅지가 드러났다. 물살에 흔들리며 내려가는 낚싯줄처럼 내 손은 자연스럽게 그녀의 허벅지 사이로 흘러 들어갔다. 강 깊은 곳을 흐르는 물소리가 아득했다. 줄이 손인지, 손이 줄인지 알 수가 없었다. 어느 한순간, 내 손끝엔 촉촉하고 뜨거운 것이 와 닿았고 그와 함께 그녀의 몸이 거칠게 뒤틀리며 요동쳤다. 막 채어 올린 물고기의 파닥거림이 그대로 손끝으로 전해왔다. 습기 때문인지, 바람 때문인지, 물소리 때문인지 몰랐다. 그녀의 몸에서 민물고기의 비늘 냄새 같은 아릿한 내음이 났다. 끊임없이 흐르는 물소리를 헤치고 어디선가 물새 한 마리 푸드득, 날아오르고 있었다.

생각보다 순순히 끌려오는 것을 보니 녀석도 이제 많이 지친 듯했다. 이제 10미터, 바로 눈앞이었다. 바로 그때, 녀석의 윤곽이 튀어 오르는 물보라 사이에서 살짝 드러났다. 몸길이는 55센티가 족히 되는 듯, 머리 부분과 양 옆구리가 무지갯빛이 선명하게 배어 있는 은색이었다. 무지개송어다. 무지개송어! 숨이 턱 막히며 온몸이 부르르 떨려왔다. 녀석은 그토록 기다리던 무지개송어였다. 마른 입술을 꽉 깨물면서 내가 가지고 있는 모든 힘을 견지대에 줬다. 바로 그 순간, 녀석은 날아가듯 수면 위로 몸을 솟구쳐 올렸다. 그리고 연속 2회전 공중 돌기를 하고 떨어지다가 수면 바로 위에서 몸통을 비틀어 세우고 다시 한 번 공중으로 튀어 올랐다. 헉! 그 말로만 듣던 대물 무지개송어의 바늘털이였다. 바늘털이를 한 무지개송어는 그 어느 바다로도 다 나갈 수 있다는 바로 그, 바늘털이. 물보라가 파바박, 일어나며 햇빛을 반사하자 일순간 일곱 빛깔 무지개가 찬연히 떠올랐다. 그러나 신기루를 본 듯, 꿈을 꾼 듯, 이

내 자취도 없이 스러져버렸다. 그와 함께 녀석은 곧바로 물속으로 치고 들어갔고, 있는 힘을 다해 유지했던 줄의 팽팽함은 한순간에 탁 끊어져버렸다. 아, 그러고는 그만이었다. 녀석은 모든 것을 바쳤던 내 마음을 뒤로하고 물결을 뒤흔들며 강물 속으로 유유히 사라졌다. 망연한 눈으로 바라보는 푸른 물결 위에는 초겨울의 여린 햇살만 안타깝게 흔들리고 있었다.

[주(注)]

* 바늘털이: 대물 송어의 속성으로 낚싯줄에 끌려와서 마지막에 하늘로 날아올라 공중 돌기를 하면서 온 힘을 다하여 바늘을 떼어내고 도망가는 것.

* 견지낚시: 한국 전통 낚시. 조그마한 얼레에 줄을 감아 그 줄을 풀어내려 고기를 잡는 것. 얼레의 탄성을 이용해 가느다란 줄로 큰 고기를 잡을 수 있다.

* 챔질: 견지낚시를 할 때 줄을 풀어 내렸다 올렸다 하며 고기를 유인하는 동작.

* 수장대: 물속에 낚싯질을 할 때, 살림망도 걸어놓고 몸도 의지를 하는 쇠 지팡이.

* 설장: 얼레의 빗살면.

순녀의 두레박

"혹시……."

주문한 콩나물을 검은 비닐봉지에 담고 있는 여자를 지켜보다 나는 조심스레 입을 뗐다. 처음엔 긴가민가했다. 하지만 동그란 이마 아래 아담한 콧대, 커다란 눈 밑의 작은 점은 내가 기억하고 있는 그 시절의 순녀가 맞았다. 그녀는 내 말을 듣지 못했는지 반응 없이 콩나물만 퍼 담고 있었다. 한 움큼씩 들어낸 콩나물을 다섯 번쯤 봉지에 집어넣고 나서 여자는 봉지 양 끄트머리를 두 손으로 잡아당겨 느슨하게 묶었다. 그녀는 고개를 들어 내게 웃어 보이며 봉지를 내밀었다.

"마이 드린 거래요."

익숙한 목소리였다. 그 억양과 발음이 분명 강원도 말이었다.

"순녀?"

나는 확신에 찬 표정으로 물었다. 여자는 화들짝 놀라더니 커다란 눈으로 나를 바라봤다. 당황스러움이 가득한 눈이었다.

"사람 잘못 봤어요."

말투는 금방 차갑게 변했다. 이제 당황스러운 건 오히려 나였다.

"아, 죄송합니다. 어릴 적 동무와 너무 닮아서 그만……."

어떻게 할 수가 없었다. 정중히 고개 숙여 사과했다. 건네주는 콩나물 봉지를 받아들고 1,000원짜리 3장을 그녀에게 건네고 돌아섰다.

시장을 빠져나오며 곰곰 생각했다. 아무리 생각해도 순녀가 분명했다. 눈물샘 바로 아래 선명히 찍힌 점도 점이지만, '마이 드린 거래요' 그 목소리에서 느껴지던 톤과 억양이 분명 순녀였다.

오래전 그때, 그녀의 목소리는 톤이 높았다. 높은 톤의 목소리는 대개 가는 편인데, 그녀의 목소리는 톤이 높으면서도 힘 있고 굵은 목소리였다. 그건 내 생각이 아니었다. 중학교 때 음악 선생님이 직접 했던 말이었다. 순녀는 노래를 잘했다. 그냥 잘하는 것이 아니라 빼어나게 잘했다. 음악 선생님은 그녀를 예뻐했다. 아이들 앞에서 감탄하는 눈으로, 순녀는 무척 탐나는 목소리를 가졌다고 말했다. 목소리 속에 무언가 맛있는 것이 발효되고 있는 느낌이라고, 그 목소리로 전해지는 노래를 듣고 있으면 노래도 함께 발효되어 독특

한 맛이 느껴진다고 했다.

아이들은 그렇게 말하는 음악 선생님의 입을 멍하니 쳐다봤다.

"뭔 말도 되지 않는 소리."

"암튼 음악 샘 호들갑은……."

"그러니까 아직도 노처녀 신세지."

그것이 음악 선생님이 순녀의 목소리를 칭찬하는 것에 대한 아이들의 반응이었다. 하지만 나는 음악 선생님의 말을 이해해보려 애썼다.

김치, 막걸리, 빵, 모든 식품의 발효 과정을 상상해보았다. 팽창하면서 부풀어가고, 그렇게 익어가는 상황을 그녀의 목소리에 연결해보았다. 하지만 나는 그런 것을 느낄 수가 없었다. 겨우 중학교 1학년이었다. 음식의 발효와 목소리의 발효를 제대로 이해할 수 없는 나이였다. 그렇다 할지라도 음악 선생님의 말을 이해해보려 했던 나의 노력은 순녀의 목소리가 나의 뇌에 각인되게 만들었다. 물론 중장년 여인의 목소리였고 중학생 소녀의 그것과 똑같지는 않았다. 하지만 나는 느낄 수 있었다. 분명 그것은 순녀의 목소리라는 것을.

시장 통로를 한참 걸어가다 뒤를 돌아봤다. 나물전 쪽으로 곧바로 시선을 돌렸다. 꽤 멀리 있던 나물전의 콩나물 박스 옆에서 그때까지도 그녀는 나를 바라보고 서 있었다. 갑자기 돌아선 나와 멀리 눈이 마주치자 그녀는 황급히 고개를 돌렸다. 그녀가 순녀인 것은 분명했다. 거의 40년 만의 만남이었다.

한 번도 가보지 않았던 광명시장에 내가 들렀던 것은 백내장과 노안 교정 수술을 겸해 받았던 안과가 그 시장 부근에 있기 때문이었다. 그날은 수술 후 정기적으로 들러야 했던 검진 날이었다. 이른 시간에 예약한 데다가 눈에도 아무 문제가 없어 진료는 일찍 끝났다. 병원을 나오다가 시장 간판을 보고는 온 김에 찬거리라도 좀 살 요량으로 그곳에 들렀다. 고기전과 야채전을 들른 다음 지나가는 길에 보였던 나물전 콩나물이 하도 실해 그곳에 멈춰 섰다. 그리고 주인 여자가 순녀란 것을 내가 알아본 것이었다.

내가 하는 일은 모니터를 오래 들여다봐야 했다. 그것 때문인지 올봄부터 안구건조증이 부쩍 심해졌다. 안과에 가봐야지, 가봐야지, 하면서도 계속 미루고 있었다. 얼마 전 대학 과 모임에 나갔다가 친구 윤영을 만났던 것이 바로 광명시장 부근에 있는 한빛안과에 와서 진료를 받게 된 계기였다.

우리 과 친구들은 졸업 후, 한 번도 모임을 갖지 않았다. 올해가 졸업한 지 딱 30주년이었는데 그것이 나름 큰 의미가 있었던지 친구들 얼굴 한번 봐야 하지 않겠느냐는 말이 여기저기서 나왔다. 과 대표였던 현숙이 총대를 메서 우리는 30년 만에 얼굴을 보게 됐다.

탱탱한 피부에 윤나는 머릿결을 나부끼며 알록달록 여대 캠퍼스를 누비던 20대 초반의 풋풋한 아가씨들은 어느덧 탄력 잃은 피부와 드문드문 흰 머리가 섞인 중장년의 여인들이 되어 있었다. 학교 때는 가끔 소통하며 지냈지만 졸업 후 영국으로 유학을 떠난 뒤 연락이 끊어졌던 윤영도 거기서 다시 만나게 됐다.

서른 중반쯤이었던가? 한 친구로부터 윤영이 유학을 마치고 한국으로 돌아와 어떤 NGO 환경단체에서 일하고 있다는 소식을 들었던 적이 있었다. 학보사에서 일하며 시민의식이나 사회의식이 강하던 아이였기에 저에게 어울리는 곳으로 갔다는 생각을 했을 뿐, 만나보려는 엄두는 내지 못했다. 직장과 육아를 병행하며 정신없는 시간을 보내던 시기였기 때문이다.

나는 윤영에게, 오래전 환경단체에서 일한다는 소식을 들었던 적이 있는데 아직도 그곳에서 일하느냐고 물었다.

"거기는 벌써 10년 전에 그만뒀어."

"그렇구나. 지금은 무슨 일 하니?"

어쩐지 그녀는 전업주부로 집에만 들어앉아 있을 것 같지 않았다. 이제쯤은 무언가 세상을 이롭게 하는 단체에서 캡틴 자리 하나 정도는 차지하고 있을 것 같았다.

"성폭력 상담소에서 일해."

그녀는 앉아 있던 상태 그대로 등을 돌리더니 의자 뒤에 걸어 두었던 숄더백을 열어 명함지갑 속의 명함을 한 장 꺼내 내게 주었다.

〈한국 성폭력 상담소. 소장 이윤영〉

아래에는 메일 주소와 전화번호만 적혀 있는, 하얀 바탕의 깔끔한 명함이었다. 10년 전 직장을 그만두고 박사과정에 들어가 여성과 아동 인권 관련 공부를 했다고 했다. 지금 우리 한국 사회에 필요한 일이고, 자신이 하면 잘할 것 같아서라는 게 그쪽 공부를 시작한 이유라고 했다. 나는 그녀의 명함을 다시 한 번 들여다봤다. 직사각형의 얇고 하얀 종이에선 약자들을 위해 뛰어다니는 강인한 여인의 체취가 묻어나는 것 같았다. 내가 가방에서 지갑을 꺼내 조심스럽게 그걸 끼워 넣자, 너는 무슨 일을 하고 있느냐고 물었다. K방송국에서 영상편집 일을 하고 있다고 했다.

"어머, 너 좋은 직장 다니는구나."

"좋은 직장은 무슨, 완전 중노동 판이야."

강한 부정을 실어 손을 휘휘 저었다.

"중노동이든 뭐든 K방송국이면 신의 직장이지. 이 나이까지 살아남은 것을 보니 꽤 능력 있는 모양이구나."

그녀가 부러움과 장난스러움이 함께 섞인 표정으로 말했다. 지금까지는 어찌어찌 버텨왔는데 이젠 눈이 힘들어 그 일도 더 못하게 될 것 같다고 했다.

"눈이 왜?"

윤영은 내 눈 얘기에 정색했다.

"오래도록 모니터를 보면서 일해 그런지 항상 뻑뻑했는데 요즘은 침침해지기까지 하네. 돋보기 없이는 작업을 못 해. 매년 점점 더

도수가 올라가 스트레스를 많이 받아."

"그러니? 그럼 너 내가 소개해줄 테니까 한번 가봐라. 사실은 내 동생이 안과 전문의야. 얼마 전에 광명에 있는 광명시장 부근에 개업을 했어. 걔가 유림대학병원에 안과 과장으로 오래 근무했는데 거기서도 실력을 인정받은 닥터야. 사실 나도 얼마 전에 거기서 노안 수술을 했어. 일찍 노안이 왔었거든."

그렇게 해서 나는 윤영의 동생이 운영하는 광명시장 옆 한빛안과를 방문하게 된 것이었다.

진료 결과, 나의 눈 상태는 매우 좋지 않았다. 그때 바로 오지 않았더라면 문제가 심각했을 뻔했다. 막연히 추측하던 안구건조증도 물론 있었지만 생각지도 않은 백내장이 있다는 것이었다. 바로 수술을 해야 할 만큼 많이 진행된 상태라고 했다.

"나이 들면 수정체 퇴화로 인해 누구나 쉽게 생기는 병입니다. 그렇지만 연세에 비해 좀 일찍 찾아온 편이기는 하네요."

"그럼 어떻게 해야 하나요?"

나는 불안한 표정으로 말했다.

"너무 걱정하지 마십시오. 백내장으로 혼탁해진 수정체를 인공수정체로 갈아주는 수술을 하면 됩니다."

'안과 전문의 이재영'이라는 명찰을 가슴에 단 윤영의 동생은 뿔테 안경 너머 고요한 눈으로 말했다. 신뢰감을 주는 눈이었다.

그렇게도 눈을 혹사하며 일했으니 어쩌면 당연한 건지도 몰랐다. 그 시점에 윤영을 만나 눈 이야기를 했던 것은 정말 다행이었다. 나는 백내장 수술을 받기로 했고, 이왕 수술받는 김에 노안 수술도 함께 받았다. 그리고 수술 후, 검진차 안과에 갔다가 그 시장에 들렀던 것이다.

순녀는 우리 큰집에서 잔심부름을 시키기 위해 데려다 키우던 아이였는데 나와 동갑이었다. 읍내에 하나뿐이던 중학교를 같이 다녔던 친구이기도 했다. 큰집은 큰 농사를 짓는 집이라 집안에 머슴도 있고 식모도 있었다. 하지만 바쁠 때는 잔심부름하는 손이 모자라 이곳저곳에 심부름할 만한 여자아이를 부탁해놓고 있던 상태였다. 그렇게 알음알음 소개로 순녀는 여덟 살의 나이로 우리 큰집으로 오게 됐다.

순녀의 아버지는 노름빚 독촉에 견디다 못해 가족들을 두고 어디론가 도망갔다고 했다. 아버지 대신 시달리던 순녀의 엄마는 다섯 살, 세 살의 두 남동생은 어느 먼 마을의 아이 없는 집에 각각 양자로 주고 여덟 살짜리 순녀는 큰집에 맡겼다. 큰어머니는 순녀를 먹이고 입히는 조건으로 집안 잔심부름을 시키되 초등학교, 중학교는 보내주겠다고 약속했다. 순녀의 엄마는 언젠가 꼭 딸을 데리러 오겠으니 그 약속을 꼭 지켜달라고 말하며 떠났다고 했다.

초등학교에 입학하던 날이었다. 입학식을 마치고 엄마와 집으로 돌아오니 큰어머니가 순녀를 데리고 우리 집에 와 있었다. 깊은 촌에서 나오느라 입학 날짜도 제대로 모르고 왔으니 읍사무소에 가서 입학 수속 좀 밟아달라고 아버지에게 사정했다. 당시 시골에서는 모든 행정이 주먹구구였다. 이미 입학식은 끝났지만 아버지가 순녀를 직접 데리고 가 사정을 설명했고, 순녀는 그날로 입학 허가를 받았다. 아버지가 순녀를 데리고 집으로 돌아왔을 때는, 큰어머니는 봄이라 농사일이 바쁘다며 일이 끝나면 아이를 당신 집으로 데려다달라는 부탁만 남기고 이미 돌아간 뒤였다. 아버지는 당신도 일이 있어 저녁나절이나 되어야 시간이 날 테니 집에서 놀고 있으라며 밖으로 나갔다.

어린아이들이라 그런지 우리는 금세 친해졌다. 소꿉놀이, 술래잡기도 하고 집 안 구석구석을 뛰어다니며 놀았다. 나는 또래의 여자아이가 집에 오니 좋았다. 볕 바른 뜨락 밑에서 그 아이와 소꿉놀이하는 일은 즐거웠다. 그러나 그 아이는 아버지가 돌아오시자 자전거 뒤에 실려 큰집으로 가야 했다. 그 아이와 작별하는 것이 마냥 서운했다. 우리는 초등학교에서 다시 만나기로 손가락을 걸며 약속하고 헤어졌다. 하지만 우리의 기대와 달리 순녀와 나는 같은 초등학교를 다닐 수 없었다. 큰집은 읍내에서 한참 떨어진 촌에 있었는데 그쪽에 우리 학교 분교가 있어 그 동네 아이들은 그곳에 다니게 된다고 했다.

엄마, 아버지는 가끔씩 나를 데리고 큰집에 갔다. 그곳에는 오빠가 둘 있었는데 둘 다 심술궂은 개구쟁이들이었다. 갈 때마다 오빠들에게 놀림을 당해 안 가겠다고 할 때도 많았다. 하지만 순녀가 그곳에 오고부터 나는 큰집 가는 것이 즐거웠다. 그 아이는 성격이 순하고 잘 웃었다. 내가 큰집 과수원 울타리를 빙 돌려 심어놓은 탱자나무에서 탱자를 따다 가시에 찔렸던 적이 있었다. 그 아이는 큰 눈에 눈물을 글썽이며 제가 찔린 것인 양 아파했다. 아직도 껍질이 새파란 탱자를 하나 이빨로 물어뜯어 껍질을 벗겨냈다. 그 껍질을 내 손에 둘둘 감았다. 다른 손으로 그 껍질을 떨어지지 않게 꼭 잡고 있으면 얼마 안 있어 아픔이 사라진다고 했다. 그 말은 사실이었다.

순녀는 두레박도 잘 올렸다. 우물천장 밑에는 도르래가 설치되어 있었고, 거기에 연결된 커다란 두레박이 있었다. 하지만 그 아이는 언제나 긴 동아줄에 묶어놓은 작은 두레박을 이용했다. 그 두레박이 묶인 줄을 아주 익숙한 솜씨로 우물 속으로 내려보내 첨벙첨벙 두어 번 좌우로 흔들어댔다. 그러다가 어느 순간, 그 줄을 자신의 손에다 빠르게 돌려 감으며 쏜살같이 두레박을 끌어 올렸다. 우물 밖으로 나온 두레박엔 맑고 차가운 샘물이 가득히 담겨있었다. 순녀는 그 두레박이 자기만 쓰는 것이라 자랑했다. 일하는 식모 아줌마가 순녀 두레박이라 이름을 붙여줬다고 했다. 순녀 두레박……. 어쩐지 그 두레박 안에는 순녀의 모든 그리움이 담겨 있을 것 같았다.

기껏해야 한 달에 한 번 정도 놀러가는 큰집이었지만 제법 큰살

림에 과수원까지 겸하고 있던 그곳에는 놀거리 먹을거리가 많았다. 그러나 순녀와 함께 놀던 즐거움은 그리 오래 가지 않았다. 나이가 한 살 두 살 더 먹어가면서 그 아이는 해야 할 일이 점점 많아졌다. 학교에 다녀오면 잔심부름뿐만 아니라 부엌일과 집안 청소도 해야 했다. 나도 고학년으로 올라가자 공부며, 뭐며, 스케줄이 바빠졌다. 어린아이처럼 엄마, 아버지 따라 큰집에 갈 시간도 쉽게 나지 않았다.

그 아이를 다시 만난 것은 중학교에 들어가서였다. 초등학교는 읍내에 여러 개 있었지만 중학교는 단 하나밖에 없었으므로 우리는 결국 같은 중학교에서 만나게 됐다. 더구나 같은 반까지 되어 몹시도 반가웠다. 오랜만에 만난 순녀는 많이 자라 있었다. 반에서 맨 뒷줄에 앉을 만큼 키가 컸고 가슴은 고등학생 언니들처럼 불룩 나와 있었다. 그에 비해 나는 몸도 바싹 마른 데다가 가슴도 나오지 않아 어린애 같은 모습이었다. 그래도 우리는 잘 어울렸다. 시내에 집이 있는 나는 학교가 파하면 걸어서 갔지만 순녀는 버스를 타고 가야 했다. 큰집으로 가는 버스는 3시간 만에 한 번씩 왔다. 순녀는 버스가 올 때까지 학교 앞 버스 정류장에서 기다려야 했다. 나는 순녀와 함께 얘기를 하며 그 아이가 타고 갈 버스를 함께 기다려줬다.

언젠가 우리 반 반장이 자기 생일이라고 친구 몇 명을 초대한 일이 있었다. 그때 순녀는 못 간다고 했다. 학교 끝나면 바로 돌아가서 집안일을 거들어야 한다는 것이다. 학교에 보내주는 대신 자기가 해야 하는 일이라고 했다.

"너, 우리 큰집에 양딸로 들어간 거 아니었어?"

내가 이해할 수 없다는 얼굴로 말했다.

"동생들은 아들 없는 집에 양아들로 갔지. 하지만 나는 양딸로 온 게 아니야."

"큰집에는 딸도 없는데 너도 그냥 양딸 해달라고 하면 안 돼?"

간절한 마음으로 말했다. 어쩌면 큰엄마에게 하고 싶은 말이었는지도 몰랐다.

"우리 엄마가 나를 맡기고 갈 때, 호적은 못 옮긴다고 했대. 나중에 데리러 온다고. 나도 그건 기억나. 아줌마 말씀 잘 듣고 심부름 잘하고 있으면 다시 데리러 오겠다고."

"엄마에게 연락은 왔어?"

"아니."

"그럼 언제 데리러 온대?"

"나도 몰라. 하지만 언젠가는 올 거야. 꼭 약속했으니까."

순녀의 얼굴은 몹시 쓸쓸해 보였다. 돌이켜보면 그건 중학교 1학년 소녀가 지을 수 있는 표정이 아니었다. 세상의 반은 더 살아낸 어른의 표정이었다.

2학년에 올라가면서 우리는 반이 갈렸다. 그러다보니 자연스럽게 다시 멀어졌다. 순녀가 노래를 점점 더 잘해 음악 선생님이 1학년 때와 마찬가지로 예뻐한다는 것, 그리고 어느 날은 음악 시간에 배운 가곡을 독창으로 아이들 앞에서 시키고 난 후, 순녀는 나중에 오페라 가수가 되면 정말 좋겠다고 했다는 것을 그 반 아이에게 전해 들었다.

3학년도 거의 끝나가는, 그해 겨울방학이 막 시작됐던 날이었다. 해안지방의 겨울바람은 건조하고 거칠어 그날도 바람이 온 마을을 매섭게 휘몰아치고 있었다. 농사일에 바빠 읍내에는 거의 내려오지 않던 큰어머니가 연락도 없이 갑작스레 우리 집에 왔다. 방에서 공부를 하고 있던 나는 대문 덜컹이는 소리에 장지문을 조금 열고 그 사이로 살짝 밖을 내다봤다. 큰어머니가 그 특유의 쌩한 모습으로 대문턱을 넘어서고 있는 것이 보였다. 나가서 인사하려다가 표정이 유독 파르르해 보이기에 그대로 방에 주저앉고 말았다. 큰어머니가 마루 밑 댓돌에 신발을 벗어놓고 단걸음에 안방으로 들어가는 소리가 들렸다.

"아니, 형님. 이 추운 날에 뭔 일로 이렇게 내려오셨어요?"

깜짝 놀라는 엄마의 목소리가 들렸다.

"내 열 받아서, 순녀 고것이 어젯밤에 도망을 갔잖아."

나는 순녀란 소리에 귀를 쫑긋 세웠다.

"예? 그게 무슨 말이에요? 숨 좀 돌리고 차근차근 얘기를 해보세요."

엄마는 큰어머니를 방바닥에 끌어 앉히는 것 같았다.

"여덟 살 어린 것을 데려다 8년째 먹이고 입히고 길러줬어. 중학교도 사실 우리 집 양반은 못 보내겠다고 했는데 내가 우겨서 보냈지. 그런데 은혜를 갚지는 못할망정 이렇게 도망가다니 이럴 수가 있는 건가? 못된 것 같으니라고."

큰어머니는 분하다는 듯 두 손으로 가슴을 쳤다. 내 방과 안방은 벽 하나 사이를 두고 있어서 벽에 귀를 갖다 대니 탁탁, 하며 그 가슴 치는 소리가 다 들렸다. 큰어머니의 까칠하고 쌀쌀맞은 성격을 알고 있는 엄마는 순녀에게 그럴만한 무슨 연유가 있었으리라 생각하는 것 같았다.

"그러니까, 집에 뭔 일이 있었는지 자세히 얘기해보시라니까요."

"아니, 그까짓 일이 뭐 그렇게 어렵다고 얼마 전부터는 못 하겠다고 울고불고 질질 짜더라고. 나는 뭐라고 크게 야단하지도 않았어. 그냥 살살 달랬지."

"대석이 수발드는 일 말인가요?"

엄마는 무언가 짚이는 것이 있는 모양이었다.

"우리가 저 키워준 은혜를 생각하면 불쌍한 오래비 그 정도 수발은 지가 들어줄 수 있는 거 아니야?"

"아직 열여섯 살밖에 되지 않은 어린애예요. 지딴에는 힘들 수도 있어요."

엄마는 순녀 편을 들고 있는 것 같았다.

“걔가 키가 얼마나 큰데 동서는 어린애라 그래? 지금 당장 시집 가도 애를 몇은 거뜬히 낳을 몸이라고. 헛바람은 얼마나 든 줄 알아?”

“헛바람이라니요?”

“걔, 뒷산 대나무 숲에서 혼자 소리 지르며 노래하는 꼬락서니를 동서가 못 봐서 그래. 누가 바람을 넣었는지 무슨 오페라 가수가 되겠다나? 뭐라나?”

큰어머니는 계속 순녀의 흉을 잡고 있었다. 아직 열여섯 살밖에 안 됐는데 이 추운 겨울에 집을 나가 어디서 잘못되기라도 하면 어떻게 하냐고 엄마가 재차 말했다. 아랫동서가 자신의 편을 들지 않고 자꾸 딴소리를 하자 큰어머니는 더 화가 나는 모양이었다.

“이건 생각만 해도 너무 섬뜩해 내가 입 다물고 있으려고 했는데 동서가 자꾸 그러니까 말을 안 할 수가 없네. 고것이 무슨 짓을 하고 갔는지 알아?”

“무슨 짓을 했는데요?”

“글쎄, 두레박줄을 끊어 우물에 그 두레박을 던져놓고 갔더라고.”

그 소리에 드디어 엄마는 깜짝 놀랐다.

“아니, 왜요?”

“고것이 예전부터 도르래를 안 쓰고 줄을 내려 두레박을 길어 올리는 습관이 있었어. 제법 두레박질을 잘하는 데다가 집안에선

저 혼자 그걸 썼으니 모두 그 두레박은 순녀 두레박이라고 해줬지. 그게 진짜로 제 것이라 생각했는지, 가져가려다 못 가져가서 그랬는지, 암튼 우물 지붕에 매여 있던 그 줄을 싹둑 끊어 두레박을 우물 속에다 던져놓고 갔더라고. 내 참 기가 막혀서."

머리 검은 짐승은 데려다 기르는 것이 아닌데 내가 잘못했다느니, 잡히기만 하면 그동안 먹이고 입히고 공부시킨 것 다 토해내게 하겠다느니, 한참을 씩씩거리던 큰어머니는 엄마가 맞장구를 치지 않고 그냥 듣고만 있자 제풀에 지쳤는지 가봐야겠다며 자리를 떴다. 큰어머니가 돌아가는 소리가 들리자 나는 얼른 방문을 열고 안방으로 들어갔다.

"무슨 소리예요? 순녀가 도망을 가다니요?"

엄마는 내 물음엔 아무 대답을 하지 않고 천정을 바라보며 혼잣말을 했다.

"어찌 저리도 모질꼬? 남의 눈에 티는 보이고 내 눈에 들보는 안 보인다더니, 그 어린 것을 데려다 죽도록 부려먹었으면서 무슨 대단하게 길러줬느니 어쨌느니. 순녀 고것이 잘 갔다. 잘 도망쳤어."

엄마는 어쩐지 순녀의 도망을 응원하는 얼굴이었다.

"밖에서 얘기 들으니 대석이 오빠 수발 어쩌고 하던데 그건 또 뭔 말이에요? 대석이 오빠 지금 병원에 있는 것 아니에요?"

엄마는 나의 물음에 순간 당황하는 것 같았다.

"넌 그런 것 몰라도 된다. 알려고 하지도 말거래이. 들어가 공부나 해라."

엄마는 그 말을 해놓고도 뭔가 부족하다는 생각이 들었는지 다시 못을 박았다.

"너, 입조심해라! 밖에서 오늘 들은 이런 말 뱉고 다녔다간 그냥 안 둔다."

단칼에 베어내는 것 같은 서늘한 목소리였다. 나는 궁금했던 것을 더 이상 묻지도 못하고 바로 안방을 나오고 말았다.

내가 대석이 오빠와 큰어머니의 비밀을 알게 된 것은 10년 전쯤이었다. 큰어머니가 돌아가셨다는 연락을 받고 문상을 다녀오다 들른 우리 옛집에서였다. 그때 우리 남매들 중 서울에 살고 있던 언니와 둘째 오빠, 나, 이렇게 셋은 차를 함께 타고 내려갔다. 병원 장례식장에서 문상을 마치고 돌아오는 길에 우리가 자라던 옛집에 들러보기로 했다. 그 이태 전에 엄마도, 아버지도, 6개월 사이를 두고 다 돌아가셔서 이젠 아무도 살고 있지 않는 집이었다. 언젠가 큰오빠가 내려와 산다고 하더니 아이들이 아직 결혼을 하지 않아 바로 내려오기 힘들었는지 차일피일 미루고 있었다.

대문은 손을 안으로 넣어 걸쇠를 빼면 열 수 있었지만 집 문은 안으로 다 잠겨 있어 열쇠 없인 들어갈 수가 없었다. 우리는 마당 안 장독대에 엉덩이를 걸치고 앉아 밖에서 사 가지고 들어온 테이크아웃 커피를 마시고 있었다. 엄마가 하도 닦아서 윤이 반질반질

나던 질항아리들은 주인을 잃은 채 희뿌연 먼지만 뒤집어쓰고 웅크려 있었다. 화단에 무리 지어 피어났던 노란 국화들은 그 고왔던 자태를 잃고 초겨울 여린 햇살 아래 맥없이 스러지고 있었다. 오빠가 커피를 든 채 일어나 화단 앞을 잠시 서성이더니 말했다.

"천 년 만 년 살 것 같던 우리 큰어머니도 저렇게 가시는구나."

언니가 오빠의 말에 의미심장한 대꾸를 했다.

"큰어머니, 참 욕심 많은 분이었지. 자기 자식에겐 끔찍하고 남의 자식에겐 더없이 야박하고."

그 말이 끝나자마자 언니는 무언가 생각났다는 듯 다시 말했다.

"참, 큰집에 심부름하던 아이가 하나 있었지?"

"순녀?"

"그래, 맞아. 그 아이가 아마 너랑 또래였을걸?"

"응, 어릴 적에는 내 친구였어. 참 유순한 아이였는데 무슨 일이 있었는지 중학교 3학년 겨울방학에 큰집을 나가버리고 말았어. 두 달만 있으면 졸업이었는데 졸업식도 하지 못하고."

그리고 그날 나는 그동안 몰랐던 순녀의 가출 사연을 언니로부터 듣게 됐다. 내겐 충격적인 이야기였다.

큰집의 장남이었던 대석 오빠는 고등학교 때부터 불량배들과 어울려 말썽을 부리며 다녔다. 그는 패싸움을 하게 되면 혼자 몇십 명씩 상대할 만큼 훨훨 날아다녔다. 자연스레 같은 무리를 이끌던

왕초가 됐다. 그러나 세상에는 더 강한 사람들도 있는 법이다. 어느 날의 패싸움에서 대석 오빠네 편은 상대편에게 모두 패하고 말았다. 그때 오빠는 정신을 잃은 척 쓰러져 있다가 그들이 승리를 확인하고 자리를 떠나자 조용히 일어났다. 가까운 농가의 창고로 들어가 낫을 가지고 쫓아가 상대편 대장의 등을 내리찍었다. 다행히도 그 사람이 죽지는 않았지만 그 사건은 상대편 불량배들로 하여금 대석 오빠에 대한 증오와 복수심을 불타오르게 만들었다.

어느 날 밤, 그들은 잠복해 있다가 자전거를 타고 집에 돌아오는 대석 오빠를 붙잡아 자전거와 함께 전깃줄로 꽁꽁 묶었다. 그리고 그 위에 석유를 끼얹은 다음 성냥불을 던지고 도망쳐버렸다. 천만다행으로 그때 그곳을 지나는 사람들이 있어 오빠는 구사일생으로 목숨을 건졌다. 하지만 온몸에 4도 화상을 입어 차마 눈 뜨고는 봐줄 수 없는 지경에 이르렀다. 병원에 1년 정도 입원해 여러 차례 수술을 받았다. 그러고도 더 오래 병원 신세를 져야 한다고 했다. 그때 내가 알고 있었던 사실은 거기까지였다. 그런데 대석 오빠의 그 불행이 왜 죄 없는 순녀에게 옮겨붙어 그 아이를 힘들게 만들었을까? 그 유순했던 아이가 왜 두레박줄을 끊어 우물에 던져 놓고 도망가버렸을까? 그 이유를 그날 나는 언니로부터 들을 수 있었다.

병원 생활을 못 견뎌 하던 대석 오빠는 퇴원하게 해달라고 날이면 날마다 졸랐다고 했다. 의사들도 지쳐버리고 이젠 더 이상의 뾰

족한 치료 방법도 없어 병원에서는 퇴원을 허가했다고 했다. 대신 병원에서 약을 처방받아 지속적으로 집에서 쓴다는 조건이었다. 대석 오빠의 온몸 피부는 검고 붉게 일그러져 흉측했다. 대부분의 근육이 이리저리 쪼그라붙어 몸을 자유자재로 쓰지 못했다. 병원에서는 온몸에 붕대를 감고 눈만 빠끔히 내놓은 채 생활해야 했는데 그래도 제 집이라고 돌아오니 그 상처를 시원하게 드러내놓을 수 있게 됐다. 그래서 그는 그렇게 집에 돌아오길 원했던 것이었다. 하지만 큰집 사람들과 우리 엄마, 아버지, 이렇게 몇몇 외엔 아무도 대석이 오빠가 집에 돌아온 것을 몰랐다. 뒷방에서 은거하고 있었으므로 동네 사람들조차 그가 병원에서 계속 치료를 받고 있는 줄 알고 있었다.

집에 돌아온 대석 오빠의 병수발은 모두 순녀의 몫이었다. 매일 상처를 소독약으로 닦아내고 약을 발라줘야 했다. 상처가 아물면서 그 부위로 함께 번져가던 가려움은 직접 손으로 긁어줘야 했다. 손으로 긁다가 그 가려움이 시원하게 해소되지 않으면 손톱으로 긁으라 했고 그 강도는 점점 세어져 어떤 때는 손톱 밑에 피가 배도록 긁게 할 때도 있었다. 순녀는 몇 번이나 큰어머니에게 그것을 못 하겠다고 했다. 하지만 큰어머니는 눈을 부라리며 순녀를 닦달했다. 여덟 살 어린 것을 데려다가 먹이고 입히고 가르쳤는데 그 정도도 못 하느냐고. 너의 엄마가 데리러 올 때까지는 뭐라도 하면서 이 집에서 기다려야 할 게 아니겠냐고.

언니는 순녀가 가출하게 된 직접적인 원인을 그동안은 자신도 모르고 있었다고 했다. 그런데 5년 전쯤인가? 고향집에 내려왔다 우연히 시장통에서 큰집에서 일하던 식모 아주머니를 만났고, 그땐 이미 할머니가 되어버린 그분에게서 그 이야기를 들었다고 했다. 오래전 그때엔 갈 곳 없는 자신이 큰집에서 쫓겨날까 두려워 눈감고 입 닫고 있었는데 나이가 들어가면 갈수록, 그 어린 것을 도와주지 못한 것이 내내 가슴에 걸려서 이렇게 말이라도 한다고 했다.

"대석이가 어렸을 때부터 운동을 해서 몸이 좋았잖아. 뒷방 구석 아무도 안 보는 데서 순녀에게 지 몸 구석구석 수발을 들게 했으니 그 막돼먹은 녀석이 애를 그대로 두었겠어? 화상을 입어 일그러진 몸속에서도 그래도 사내 욕정은 살아 있었나 보더라고. 사실은 대석이보다 더 나쁜 사람은 눈감고 있었던 큰어머니야. 모르지. 남들에게는 사람 좋다던 소리 듣던 우리 엄마, 아버지도 어쩌면 짐작하고 있었을 수도. 나서기가 곤란해 모른 체하고 있었을지도. 이젠 뭐 어차피 다 돌아가신 분들이지만……."

10년 전 언니에게 이 이야기를 들었을 때, 나는 너무 놀랐고 가슴 아팠다. 하지만 순녀는 이미 오래전 내게서 사라진 아이였으므로 그 아픔은 내 속에 깊이 자리 잡지 못했다. 시간이 지날수록 점점 흐릿해지다가 언젠가는 완전히 잊었다.

하지만 광명시장에서 우연히 순녀를 만났던 그날부터 나의 심장은 수시로 쿵쿵대기 시작했다. 열여섯 살 소녀 순녀가 지르던 비명 소리가 어디에선가 들려오는 것 같았다. 아무에게도 도움을 청하지 못하고 혼자 눈물을 흘리고 있는 순녀의 모습이 눈앞에 아른거렸다. 시시때때로 그녀의 얼굴이 떠오르고, 그때마다 내 가슴은 파르르 떨렸다. 그때 문득 윤영이 생각났다. 그녀라면 어떤 조언이라도 내게 해줄 수 있을 것 같았다.

며칠 후 어렵게 결심하고 윤영을 찾아갔다. 내 이야기를 다 듣고 난 윤영은 고개를 뒤로 젖히고 멍하니 천정만 바라봤다. 잠시 후, 한숨을 깊게 내쉰 그녀는 천천히 입을 열었다.

"성년이 되기 전에 당한 성폭행의 후유증은 그 사람 삶의 거의 전부를 지배한다고 할 수 있어. 내면 깊숙한 곳에는 엄청난 고통이 항시 다글다글 들끓고 있다고 보면 돼. 땅속 깊은 곳에서 마그마가 흐르며 끓듯이."

"그렇게 무서운 것이야?"

나는 안타까운 표정으로 말했다.

"더 무서운 것은, 자신이 왜 고통스러운지 모르면서 항상 고통스럽다는 것이지. 과거의 기억을 꽁꽁 묻어두었다고 생각하니까, 이제 자신은 그곳에서부터 멀리 달아나 살고 있다고 생각하니까. 그렇지만 어떤 형태로든 가해자의 진정한 사과를 받고 용서와 보상, 화해의 과정을 거치지 않으면 그건 절대로 치유되지 않을 고통이야."

"너무 오래되어 그 증거마저 찾을 수 없는 경우는 어떻게 되는 거야?"

"가해자의 양심에 호소해 사과와 보상을 받는 방법밖엔 없어. 하지만 증거가 남아 있지 않은데 자신의 죄를 인정하고 사과하는 사람들은 거의 없다고 보면 돼. 잘 생각해야 해. 묻어둔 상처가 너무 아파 어떻게든 치유해보려고 열었다가 그 상처가 찢어지고 덧나 더 고통스러워하는 사람들도 나는 많이 봤어."

어떻게 해야 하는가? 하지만 아무리 생각해봐도 현재로서는 내가 그녀를 위해 할 수 있는 것이 없었다. 무거운 마음으로 윤영의 사무실을 나왔다. 집으로 오면서 나는 일부러 순녀가 있는 광명시장 앞으로 돌아왔다. 차를 세우고 들러보고 싶었지만 아직은 자신이 없었다. 어떤 것이 진실로 그녀를 위하는 것인지 생각해야 했다. 열여섯 살 순녀가 그때 왜 자신이 그토록 아꼈던 두레박줄을 끊어놓고 멀리 달아났는지 우물처럼 깊고 차갑게 생각해봐야 했다.

너울

1

여름 태풍은 이번에도 어김없이 동해안을 훑고 지나갔다. 며칠 전 지나간 태풍은 올들어 벌써 두 번째다. 태풍이 연거푸 두 번씩이나 오는 것은 드문 일이지만 초여름부터 일찍 찾아오는 해에는 세 번씩 오기도 한다. 그런 해에는 너울도 자주 일어난다. 아시아 태풍위원회에서는 이번 여름 2호 태풍의 이름을 '너울'이라 명명했다. 너울. 먼바다에서부터 밀려오는 거친 물결이라는 뜻을 가진 파도의 또 다른 이름이다. 희연은 자신의 가게 앞에서 바다를 향해 서 있다. 먼바다에서부터 달려오고 있는 하얀 파도를 바라본다. 어느 지점에서는 이어지기도 하고, 어느 지점에서는 끊어지기도 하며 쉼 없이 달려온다. 해변에 이르면 모래벌판을 타고 오르지만 결코 넘어서지는 못한다. 그저 부서질 뿐이다. 파도는 소멸되기 위해 그토록 먼 길을 달려오는 것인가?

희연은 고개를 돌리고 가게 안으로 들어온다. 점심 영업을 끝내고 소등해버린 실내는 조용하고 어둡다. 움직임이 느껴지는 곳은 출입구 오른쪽에 설치된 수족관뿐이다. 푸르스름한 불빛이 수족관을 가득 채우고 있다. 산소발생기에서 하얀 기포들이 솟구쳐 오른다. 전복 몇 마리 붙어 있는 유리벽 한쪽에 적갈색 해초가 너울거린다. 오징어 몇 마리 유선형 몸체를 흔들어대더니 해초 사이로 몸을 숨긴다. 문득 멀고 깊은 바닷속을 홀로 유영하는 느낌이다. 벽시계를 쳐다보니 시침은 숫자 2를 막 넘어가고 있다. 깜짝 놀라며 리모컨을 들어 TV를 켠다. 눈부심이 가득한 바다를 후경으로 금빛 모래벌판이 화면에 떠오른다. 잠시 후, 그곳엔 한 남자가 마이크를 들고 나타난다.

"속보입니다. 신원이 밝혀지지 않은 두 사람이 너울에 휩쓸려 실종됐습니다. 목격자에 따르면, 오늘 정오쯤, 동해안 수미진 소재 모래언덕 해변에서 갑자기 밀어닥친 너울에 두 남녀가 휩쓸렸다고 합니다. 잔잔하던 바다에 갑자기 솟구쳐 오르는 너울은 그 힘이 엄청나 한번 휩쓸리면 아무리 수영을 잘하는 사람이라도 헤어나기 어렵습니다. 사고가 발생한 지 두 시간이나 지났지만 아직 실종자들을 찾아내지 못했습니다. 해양과학자들에 따르면, 갑작스런 너울의 생성은 아직도 정확한 원인이 밝혀지지 않았고 그 경로도 예상할 수가 없다고 합니다. 동해안에서는 요즘 들어 큰 너울이 자주 발생하고 있어 대책 마련이 시급한 실정입니다."

남자의 얼굴이 목소리와 함께 사라지며 화면은 다시 푸른 바다로 가득 차오른다. 수면은 부서지는 햇살을 반사하며 아득히 일렁거린다. 희연은 TV를 끄고 핸드폰에서 준수의 단축키를 찾아 누른다. 전원이 꺼져 있으니 확인하여주시기 바랍니다. 유진의 것을 찾아 다시 누른다. 같은 멘트가 나온다. 희연은 결국 벽에 붙은 관내 비상 연락망을 찾아 경찰서 번호를 한 자 한 자 누르기 시작한다.

2

희연이 유진을 이곳 수미진으로 초대한 것은 사흘 전이다. 저녁 식사를 마치고 준수에게 차 한 잔을 건네며 말했다. 당신, 유진이 기억하지? 갑작스런 물음에 그는 무엇에 덴 것처럼 화들짝 놀랐다. 하지만 급하게 표정을 고치고 되물었다. 그 친구는 왜? 낮에 미선이하고 통화했어. 지금 한국에 들어와 있다네? 그래? 그는 애써 덤덤하게 대답했다. 번호 받아 통화까지 했어. 영국 사는 건 알고 있었지?

희연은 결혼 후, 준수에게 유진 얘기를 해본 적이 한 번도 없었다. 갑작스레 그녀 얘기를 꺼내자니 너무 뜬금없는 것 같아 우선 그렇게 말을 시작했던 것이다. 준수는 예전에 누구에겐가 들었던 것 같다며 얼버무렸다. 갑자기 학교를 그만두고 정신없이 살다보니 걔랑 연락이 끊어져버렸지 뭐야. 그래도 내겐 베프였는데…… 한국에 머물고 있다는 소식 들으니 보고 싶더라고. 희연은 계속 말했고 준수는 듣기만 했다. 보고 싶다 했더니 저도 보고 싶다더라고. 그런데 우리 가게 사정이 있잖아. 내가 서울까지 가기 어려우니 이리로 좀 와달라고 했어. 여기 바다가 좋으니 일박 이일 휴가 삼아서. 말하자면 초대지. 초대? 언제? 그의 눈동자가 갑자기 흔들렸다. 모레. 뭐? 나한테 상의도 없이 무슨 일을 그렇게 멋대로 하는 거야? 그는 더 이상 자신의 감정을 숨기지 않았다. 왜 화를 내고 그래? 내가 내 친구한테 그런 초대도 못 해? 희연이 목소리를 높이자 그는 안 되겠는지 꼬리를 내렸다. 그게 아니라, 너무 갑작스러워 그런 거지. 과민 반응이라는 것을 스스로 인지한 것 같았다.

대학 3학년, 동아리 커플이었던 최준수, 지금은 남편인 그의 아이를 가지며 희연은 학교를 그만뒀다. 어렵게 들어간 대학이었고 세 학기만 남았는데 그렇게 결정했다. 준비 없이 급히 시작된 결혼 생활은 평탄치 못했다. 태어난 딸은 희귀 난치병 판정을 받았다. 그 천사 같은 아이는 세상에 와서 3년 동안 고통만 받다가 희연에게 감당할 수 없는 슬픔과 빚을 남기고 떠났다. 준수는 하는 일마다 실패했고 두 사람의 삶은 피폐해져갔다. 그런 모습을 친구들에게 보여주는 것이 싫었다. 그녀 스스로 그들에게서 멀어졌다. 새로운 친구로 우울증이 찾아왔다. 자주 자주 숨 쉬는 것이 고통스러웠다. 꽤 오랫동안 정신건강의학과에 다녀야 했다.

서울 생활에 항복을 선언했다. 3년 전, 고향인 이곳 수미진으로 준수와 함께 내려왔다. 이곳에는 몇 년 전 엄마가 돌아가시며 유산으로 남겨준 작은 가게가 하나 있었다. 당신이 평생 운영하던 오래된 국밥 가게였다. 어린 시절의 희연은 이 가게가 그렇게 싫었다. 하지만 지금은 세상에 단 한 곳 존재하는 비빌 언덕이었다. 이곳에 기대어 다시 살아볼 생각이었다. 가게를 개조해 '해변횟집'이라 이름 붙였다. 수족관 하나 구석에 들이고 식사와 함께 물회, 막회를 팔았다. 준수는 가게에서 20킬로미터 떨어진 해돌 바다의 양식장에 일자리를 얻었다. 몇 번의 사업 실패로 신용불량자가 된 그가 할 수 있는 일은 그런 일 말고는 없었다. 한 번도 해보지 못한 바닷일이지만 고깃배를 타는 것보다는 그래도 수월했다.

산과 바다, 태양과 바람, 고된 노동 속에 하루하루 살아가다보니 서울에서 얻은 상처들도 조금씩 아물어갔다. 욕심만 내지 않는다면 이곳에서의 삶도 그리 나쁘지 않았다. 삶의 고통을 깊이 겪은 사람들은 반드시 깨닫게 되는 것이 있었다. 인간이 살아가면서 바라야 할 것은 행운을 얻는 것이 아니라 불운을 피하는 것이라는 걸. 더 이상 나쁜 일이 일어나지 않는 이곳에서의 일상이 그럭저럭 평화로웠다. 희연은 준수에게 하던 말을 계속했다. 나, 이젠 이곳에서의 삶이 부끄럽지 않아. 그래서 유진이도 초대한 것이고. 잘했어. 그도 이제는 이 초대를 어쩔 수 없이 받아들이는 것 같았다. 서울에서 아침 8시 차를 타라고 했어. 그러면 터미널에 11시까지는 도착할 거야. 알다시피 나는 2시까지는 가게를 비울 수가 없으니 당신이 일 일찍 끝내고 터미널에서 유진이를 픽업해줘. 그날은 모래언덕 해변에서 놀 계획이니 유진이 데리고 먼저 그곳에 가 있어. 그렇게 할 수 있지?

모래언덕 해변은 '작은 축항'이라 불리는 수미진 제2방파제에서 이백 미터쯤 떨어진 곳에 있는 모래벌판이다. 동해안의 평평한 해변들과는 달리 둔덕이라 할 만한 모래언덕이 있어 사람들은 그곳을 모래언덕 해변이라 불렀다. 해변 서쪽으로 펼쳐진 긴 송림이 울창했고 해풍에 밀려오는 솔향이 진했다. 그렇게 아름다운 곳인데도 사람들의 발길은 거의 없었다. 수심이 깊어 수영을 하기에는 적합하지 않기 때문이다. 장소는 잘 정한 것 같네. 준수도 그곳은 맘에 들어 했다. 수영을 잘하는 사람들에게는 깊은 수심이 문제되지 않았다.

텐트 치는 것은 정규에게 부탁해놓을 테니 신경 쓰지 않아도 된다고 희연이 다시 말했다. 정규는 가게 옆 건물 지하에서 피시방을 운영하고 있는 청년이다. 밥 먹으러 희연의 가게에 자주 왔고, 그녀에게 무슨 일이라도 생기면 제 일처럼 발 벗고 도와주는 고향 후배이다. 아이스박스에 술, 안주 같은 것들 채워 텐트에 미리 갖다놓도록 할게. 점심 장사 끝나는 대로 갈 테니 당신이 유진이 친구해주면서 좀 기다려. 그리고 희연은 의미심장하게 덧붙였다. 모레가 보름이니 저녁엔 바다에 보름달도 떠오를 거야. 보름달 뜨는 바다라, 그림이 괜찮네. 준수의 표정은 처음 당황했을 때와는 달리 조금 안정된 것 같았다.

3

희연이 유진을 수미진으로 초대하게 된 발단은 이웃 동생 순옥의 전화 한 통으로부터 시작됐다. 한 달 전 어느 아침이었다. 언니네 집에 요즘 무슨 일 있어? 전화 속 순옥의 목소리엔 궁금함과 걱정스러움이 묻어 있었다. 아무 일 없는데. 왜? 형부가 서울 다녀오는 것을 두 번이나 봤어. 뭔 일인가 하고. 순옥의 직장은 한국도로공사다. 그녀는 몇 달 전 북강릉 톨게이트로 발령이 나 그곳에서 일하고 있었다. 동서울 톨게이트에서 들어와 북강릉 톨게이트로 나오는 준수의 차를, 그녀가 근무하고 있던 새벽 여섯 시쯤 두 번이나 봤다는 것이었다. 그것도 일주일 간격으로. 희연이 알기로 준수가 서울에 다녀온 적은 없었다. 잘못 봤겠지. 분명히 언니네 차야.

처음에는 긴가민가 그냥 지나쳤는데 두 번째는 좀 이상해서 컴퓨터에서 확인까지 해봤어. 은색 렉스턴 5585 맞잖아. 당황스러웠다. 한번 알아보겠노라 얼버무리고 전화를 끊었다.

가만히 생각하니 그동안 준수의 행동에 미심쩍은 부분이 있음이 떠올랐다. 엘니뇨 현상으로 인한 세계적인 기후변동으로 한 달 전부터 이곳 동해안에도 이상 고온 현상이 일어났다. 바닷물의 수온이 올라갔고 그가 일하는 양식장에 비상이 걸렸다. 그것 때문에 준수가 야간 근무를 하게 된 일이 몇 번 있었다. 평상시에는 첫 새벽에 출근해 이른 오후에 퇴근했지만, 비상 시기라 야간 근무도 해야 한다기에 그런 줄로만 알고 있었다. 그러나 가만히 생각하니 바다에 있는 양식장에서 야간 근무라니 이해되지 않았다. 컴퓨터까지 체크해서 확인했다는 순옥의 말대로라면 그가 서울에 다녀온 것은 분명했다. 그는 무슨 일로 두 번씩이나 서울을 다녀왔을까? 순옥이 본 것이 두 번이라면, 그는 세 번이나 네 번, 아니면 다섯 번쯤은 더 다녀왔을지도 모른다. 준수의 서울행에 의구심이 생겨나자 갑자기 고무줄로 심장을 칭칭 동여매는 것 같은 흉통이 밀려왔다. 몇 년 전, 서울에서 우울증으로 고통스러워할 때의 느낌이 되살아났다. 왜 그랬는지는 몰랐다. 유진이 생각났다. 잊고 살았던 그녀의 얼굴이 갑자기 밀려오는 너울처럼 희연에게로 달려들었다.

아무래도 유진의 소식을 알아봐야겠다는 생각이 들었다. 그녀와 연락이 끊어진 지 십 년도 넘었는데, 생각하니 희연은 결코 유진을 잊고 살았던 것이 아니었다. 몇 년에 한 번씩은 그녀가 꼭 꿈에 나타났다. 어떤 꿈에서는 유진과 자신이 환한 모습으로 다정하게 얘기했고, 어떤 꿈에서는 날카롭게 소리를 높이며 서로 싸우고 있었다. 그런 꿈을 꾸고 나면 희연은 초조해졌다. 자신이 유진의 꿈을 꾸고 생각할 때마다 준수도 유진의 꿈을 꾸고 생각하고 있지나 않을까 하는 불안감이 밀려왔다.

대학 친구 중 유일하게 선이 끊어지지 않은 미선에게 전화를 걸었다. 몇 마디 안부를 나눈 뒤 조심스럽게 유진의 소식을 물었다. 유진이 소식 혹시 알고 있니? 걔 지금 한국에 있잖아. 한국? 난 걔가 졸업하고 뉴질랜드에 간 걸로 알고 있는데. 뉴질랜드는 아버지 사업체가 있어 학교 때부터 왔다 갔다 했던 거고, 졸업하고 영국으로 유학 갔어. 지금 런던대학교 교수야. 희연은 깜짝 놀랐다. 영국의 교수 채용 시스템이 어떻게 되는지는 모르지만 한국에서는 그 나이에 거의 불가능한 일이었다. 벌써 교수가 됐어? 걔, 독한 데가 있어. 거기서 죽어라 공부한 모양이야. 박사학위도 빨리 땄다고 하더라고. 생각해보니 유진이라면 그럴 수 있을 것 같았다. 근데, 런던대학 교수라면서 왜 한국에 있어? 문화대학교에 1년간 교환교수로 왔어. 벌써 9개월이나 됐으니 돌아갈 날도 얼마 남지는 않았네. 희연은 자신의 불안함의 정체가 이유 없는 것이 아니었다는 확신이 들었다. 좀 더 확실한 것들을 알고 싶었다. 남편은? 혼자 살아. 결혼을 하긴 했는데, 일 년 만인가? 거의 바로 이혼했어. 재혼은?

그냥 싫다나봐. 첫 결혼에 실패한 것도 있고. 누구 말로는 걔가 결혼 전에 많이 좋아하던 남자가 있었는데 그것도 실패로 끝나서 그런다는 말도 있고. 이유야 어쨌든 혼자 몸이니 그렇게 계속 공부할 수 있었겠지. 전화를 끊고 나니 무언가 모를 착잡함이 밀려왔다.

4

미선에게 유진의 번호를 받았지만 전화를 걸 수가 없었다. 유진이 희연을 찾고자 마음먹었다면 얼마든지 찾을 수 있었을 것이다. 9개월이나 한국에 머물면서 그렇게 하지 않았다는 것은 만날 마음이 없다는 것이다. 희연은 혹시나 싶어 몰래 준수의 핸드폰을 열어 통화 기록을 체크했지만 미선으로부터 받은 유진의 번호는 없었다. 그녀로 의심될 만한 번호나 문자도 없었지만 그날부터 희연의 뇌리에서는 유진이 계속 떠나지 않았다.

정규가 늦은 저녁을 먹으러 희연의 가게에 왔던 날이었다. 영업이 거의 끝난 시간이라 둘은 자리에 함께 앉아 이런저런 얘기를 했다. TV에서 뉴스가 흘러나오고 있었다. 정부기관의 일부 사이트가 해킹을 당했는데 북한 측의 소행으로 추정된다는 전문가의 의견이 전해지고 있었다. 해킹이란 단어를 듣자 희연의 머릿속에 무언가가 떠올랐다. 급히 정규에게 물었다. 메일 해킹, 그게 많이 어려운 거니? 누나, 그거 아무나 할 수 있는 게 아니에요. 전문 기술이 있어야 해요. 너 컴퓨터 잘하잖아. 그 계통으로 꽤 깊이 있다고 들었는데. 희연은 지푸라기를 잡는 심정으로 정규에게 사정 얘기를 했다. 정규는 난감한 표정을 지었다. 그녀는 결국 다니던 대학까지 그만두고 급하게 준수와 살게 됐던 오래전 자신의 상처를 털어놓았다. 그렇게 밑바닥까지 보여주지 않고서는 얻을 수 없는 것이라고 생각했다. 정규는 희연의 얼굴을 물끄러미 바라보다가 결국 고개를 끄덕였다.

준수가 근무를 나간 오전 시간, 컴퓨터 앞에서 몇 시간이나 고생을 한 끝에 정규는 비밀번호로 굳게 잠긴 그의 메일을 열어냈다. 나쁜 예감은 틀리지 않는 법이다. 준수와 유진은 9개월 전부터 메일을 주고받고 있었다. 교환교수로 입국했다는 시기와 같았다.

「준수 씨가 다녀가고 나서 많이 생각했어. 긴 인생에 실패 몇 번 했다고 그렇게 힘든 곳에서, 그렇게 거친 사람들과 부대껴야 하는 준수 씨가 안타까웠어. 비록 처음 선택이 잘못됐다 해도 미래를 포기해서는 안 된다고 생각해. 그런 곳에 있기에는 준수 씨는 내게 너무 소중한 사람이야. 세상은 넓고 할 일은 많아. 뉴질랜드에서 사업하는 아버지가 얼마 전, 영국에도 지사를 냈어. 아버지에게는 자신의 일처럼 도와줄 능력 있는 사람이 필요해. 지난번에도 얘기했지만 우리에겐 이제 시간이 많지 않아. 돌아가는 시기에 맞춰 함께 떠날 수 있도록 완벽하게 준비해줘. 유진.」

무언가가 등줄기에서부터 뒷목을 타고 머리 위로 화르르 솟구쳐 올랐다. 순식간에 타오르는 불길 같기도 하고 갑자기 내리치는 번개 같기도 했다. 엄청나게 뜨겁고 아파서 온몸이 마비될 것 같았다. 똑바로 서 있을 수 없었다. 얼굴에는 식은땀이 흘러내렸고 입술은 바르르 떨렸다. 오래전, 그날의 일이 선명하게 떠올랐다.

5

대학 2학년 때였다. 희연은 과에서 가장 친한 친구 유진을 자신이 활동하고 있는 사진 동아리에 데리고 갔다. 희연의 캠퍼스 커플인 준수가 그 동아리 회장이었다. 유진은 동아리가 맘에 든다며 바로 입회했다. 적극적인 성격의 유진은 동아리 활동도 열심이었다. 준수 때문에 적을 두고 있었을 뿐이지 사진 찍기에는 미온적이던 희연은 유진의 활동에 자극을 받았다. 유진에게 뒤지기 싫어 뒤늦게 출품에 매달렸다. 동아리에서는 가끔 야외출사를 나갔는데 언젠가부터 희연은 준수와 유진이 지나치게 가까워졌다는 느낌이 들었다. 뭔가 잘못됐다는 생각과 함께 묘한 불안감이 서서히 그녀를 조여왔다.

유진이 몸이 아파 결석했던 늦가을 어느 날이었다. 희연은 하굣길에 문병차 유진의 집에 들렀다. 유진은 집에 없었고 전에도 몇 번 뵌 적이 있는 그녀의 어머니가 유진의 방으로 안내했다. 감기몸살이 심해 동네 내과에 갔는데 30분 정도 있으면 올 것이니 기다리라고 했다. 희연은 창문 쪽으로 붙여놓은 책상 앞에 앉아 유진을 기다렸다. 그런데 이상한 일이었다. 가만히 앉아 있으려니 가슴이 두근두근하는 것이었다. 그동안 막연하게 느껴지던 불안감의 정체가 어쩌면 이 책상에서 확인될지도 모른다는 생각이 들었다.

조심스럽게 창밖을 내다봤다. 창 앞엔 감나무 한 그루가 서 있었다. 주황빛으로 물든 감 이파리 몇 잎이 천천히 낙하하고 있을 뿐, 밖은 조용하기만 했다. 희연은 다시 의자에 앉아 책상 위에 있는 잡지를 보는 척하며 오른쪽 서랍을 살며시 열었다. 그 속에는 유진의 낡은 수첩들이 차곡차곡 정리되어 있었다. 몇 년에 걸친 것인지 수량이 제법 됐다. 맨 위에 있는 수첩을 꺼내 페이지를 넘겼다. 눈에 띌 만한 것은 없는 일반적인 내용이었다. 다행인지 아쉬움인지 알 수 없었다. 수첩을 다시 넣어두려는 순간, 맨 밑바닥에 종이로 싸서 넣어둔 무엇인가가 조금 튀어나와 있는 것이 보였다. 얼른 꺼내 종이를 펼쳐보았다. 가로세로 10제곱센티미터 정도 크기의 사각형 공기소총 타격 용지였다. 종이 안에는 검은 선으로 인쇄된 동그라미가 열 개, 그 중심에 빨간 점이 있었다. 총알이 그곳을 맞혔는지 구멍이 뻥 뚫려 있었다. 뭐라고 이리 소중히 싸서 보관했을까? 종이를 돌려 뒷면을 보았다. 낯익은 필체가 춤을 추듯 휘갈겨져 있었다. 「탕! 2012년 10월 18일. 유진의 가슴을 향하여. 준수.」

마치 그 총소리가 지금 막 울린 것처럼, 그 총알이 지금 막 자신의 심장을 관통한 것처럼 고통스러웠다. 선혈이 흘러내리는 느낌에 희연은 두 손으로 자신의 가슴을 꼭 누르고 한참이나 책상 위에 엎드려 있어야 했다. 임신을 하고 급하게 준수와 함께 살게 된 이유도 사실은 그것 때문이었다. 유진에게 절대 그를 빼앗기고 싶지 않았다. 오랫동안 관리하던 피임을 포기하고 어렵게 들어갔던 대학마저 포기했다. 생각해보면 너무나 어리석은 선택이었다.

6

희연이 그들의 대화를 듣게 된 것은 우연이었다. 아버지가 보내준 사람들인 것일까? 어쩌면 그럴지도 몰랐다. 그때 예보된 태풍은 올해 들어 첫 번째 태풍이었다. 아직은 이른 여름이어서 휴가객들이 얼마 없었는데, 갑자기 온다는 태풍 예보에 그들은 모두 서둘러 떠났다. 뉴스에서 시시각각으로 예보를 내보내자 해변으로 늘어선 크고 작은 횟집들은 텅텅 비기 시작했다. 손님이 하나도 없는 가게에서 냅킨을 접고 있는데 문이 드르륵 열리며 중년 남자 셋이 들어왔다. 차림새를 보아하니 태풍 때문에 출어를 하지 못한 뱃사람들이었다.

그들은 벽 쪽으로 붙은 테이블에 자리를 잡고 앉으며 물회 세 그

룻과 소주 세 병을 주문했다. 몸이 깡마르고 낯빛이 새까만 남자가 테이블에 놓인 물병을 들어 유리잔에 따르며 투덜댔다. 태풍이 이렇게 일찍부터 오는 해에는 여름 내내 몇 번이나 온다는데 올여름 조업은 다 망쳤네 그려. 그런 말은 희연도 들은 적이 있었다. 태풍이 여러 번 오면 뱃사람들만 힘든 것이 아니었다. 여름 한철 대목을 봐야 하는 횟집들의 타격은 더 컸다. 그래도 어찌하겠는가. 하늘과 바다와 바람이 만들어내는 일들이 아니겠는가. 거대한 자연에 기대 소박하게 살아가는 사람들에게는 순응하는 것. 그것 말고는 다른 도리가 없었다.

얼른 주방으로 들어가 빠른 속도로 물회를 만들었다. 소주와 함께 쟁반에 받쳐 그들에게 내다 주고 다시 계산대로 돌아와 앉았다. 아까 접던 냅킨을 계속 접고 있자니 그들의 대화가 자연스럽게 귀에 들어왔다. 다른 손님들이 없어서 그런지 그들과 함께 앉아 듣는 것처럼 명료하게 들렸다. 어제 제1방파제에서 할머니하고 손자가 바다 구경하다가 너울에 휩쓸려갔다는 소식 들었는가? 덩치가 크고 구레나룻이 덥수룩한 남자가 소주잔을 입에 털어 넣고 나서 말했다. 거 정신없는 할머니 아닌가. 지금 태풍주의보가 내려 얼마나 위험한데 그 방파제에 손자를 데리고 나가느냐 말이야. 뭔 큰 구경을 할 거라고. 너울 무서운 줄 모르는 거지. 각자 한마디씩 거들었다. 나도 예전에 어떤 사람이 너울에 휩쓸리는 것을 봤는데 아직도 잊히지 않는다네. 아주 고요한 바다였는데 갑자기 집채만 한 파도가 하늘로 솟구치더니 모래벌판에 앉아 있던 사람을 순식간에 쓸고 들어가더라고. 언제? 구레나룻의 말에 깡마른 사람이 호기심 가득한 눈으로 물었다. 구레나룻은 잠시 생각하는 듯하더니 작심한 듯 오래전 이야기를 풀어놓기 시작했다. 배를 타보겠다고 수미진 항구에 처음 발 들여놓았을 때니 십칠, 팔 년은 족히 됐을 것이라고 했다. 모래언덕 해변에서 그 사고를 보았다고 했다.

희연은 그 말을 듣자 가슴이 마구 두근거리기 시작했다. 그가 말한 딱 그 시기에, 딱 그곳에서, 갑자기 솟아오른 너울에 휩쓸려 자신의 아버지가 돌아가셨던 것이다. 숨죽이고 그들의 대화에 귀를 기울였다. 죽은 그 사람이 사고를 가장해 자살했다는 소문이 나중에 돌았다고 했다. 자식들 셋 앞으로 대학 공부할 보험을 다 들어놨다는 것이 그 소문의 이유였다. 너울이 언제 올 줄 알고 그런 계획을 세운단 말인가? 귀신도 아니고. 모두들 그렇게 생각할 거야. 나도 그땐 잘 몰랐는데, 요즘 생각하니 충분히 사고로 위장할 수 있겠더라고. 어떻게? 그렇게 하여 그는 그 근거를 조목조목 설명하기 시작했다.

동해 바다 멀리 몽돌초라고 석회암으로 된 암초 구역이 있다는 것이다. 모래언덕 해변으로부터 직선거리로 쭉 뻗어간 바다 깊은 곳에 있는데 바다의 수온이 일정 온도 이상으로 높아지는 여름이면 그 석회암에서 녹아난 석회수들이 기포를 마구 일으킨다고 했다. 태풍이 지나가고 나면 바다에 아직 남아 있는 바람의 힘과 석회수 기포들이 일으키는 힘이 합쳐지는데, 이때 수면 위는 평화로운 듯 보여도 수면 아래에서 그것들이 밀고 달려오는 힘은 엄청나다는 것이다. 대부분의 물결은 넓은 모래벌판을 타고 넘어오면서 그 힘이 분산되어버리지만 방파제나 모랫벌 아래쪽이 수직으로 깎여진 지형에서는 얘기가 달라진다. 가지고 온 힘을 분산시키지 못하고 그대로 부딪쳐버리니 그 힘에 부딪치는 힘이 더해져서 순식간에 공중으로 솟구쳐 오르고 상상할 수 없는 거대한 힘으로 부서진다는 것이다. 파도 한 점 없이 잔잔한 바다에 난데없이 일어난다는 너울이 바로 그것이라는 것이 그의 설명의 요지였다.

설령 그렇다 치더라도 너울이 일어나는 시간까지야 어떻게 예측할 수 있다는 말인가? 깡마른 사람이 구레나룻의 주장에 의문을 제기했다. 뱃사람이라면 누구나 알고 있는 것이 있지 않은가? 물때 말일세. 동해안은 서해안처럼 조수간만의 차가 별로 없어서 해수면의 높이를 눈으로 쉽게 느끼지 못하지만 만조 때는 해수면의 높이가 많이 높아진다네. 더구나 음력 보름이 되면서부터는 그 높이가 최대한 끌어올려지지. 그는 젓가락으로 물회를 휘젓다가 내용물이 더 이상 집어지지 않자 그릇째 그대로 들어 국물을 쭉 들이켰다. 냅킨을 뽑아 구레나룻에 흘러내린 국물을 쓱 훔쳐낸 그는 다시 말하기 시작했다.

큰 선박이 지나갈 때도 그 추진력으로 인해 일어나는 물결이 점점 너울로 변하면서 해안으로 밀려오지 않는가? 서해안에서도 큰

군함이 지나갈 때 만들어지는 너울은 엄청나다고 하더라고, 거기서 낚시했던 사람이 하는 말을 들었는데, 군함이 지나갈 때는 아예 마이크를 대고 방송을 한다고 하더구먼. 지금으로부터 5분 후에 큰 너울이 일어날 것이니 갯바위에서 낚시하는 사람들은 대피를 하라고. 이차로 7분 후에 또 몰려간다고 방송을 하고. 신기하게도 방송으로 알려줬던 정확한 시간에 너울이 몰려오더래. 태풍이 지나갔던 날짜와, 달이 차오르는 날짜, 선박이 지나가는 시간을 안다면 평소에 너울이 잘 일어나던 곳에서는 그 시간도 대략 계산해낼 수 있지 않겠는가? 그는 자신만만하게 말했다. 그들은 주문했던 물회와 소주를 다 비우자 바로 가게를 떠났다.

7

실종된 두 남녀의 사체가 떠올라 다시 모래언덕 해변 쪽으로 밀려온 것은 너울이 일어난 지 삼 일째 되는 날이었다. 남자는 해돌양식장에서 일하고 있는 최준수, 여자는 문화대학교에 교환교수로 와 있는 런던대학교 교수 이유진으로 밝혀졌다. 경찰은 두 사람의 핸드폰이 너울이 발생했던 시각 이후 끊어졌고, 최준수의 렉스턴 차량이 모래언덕 해변 서쪽 솔밭에 주차되어 있는 것으로 미루어 실종자들이 두 사람일 것이라고 추정했다. 바다가 조금만 더 잠잠해지기를 기다려 실종 이튿째부터 잠수 팀을 꾸려 수색 작업을 시작했다. 희연은 실종자들의 사체를 찾았다는 연락을 받자 급히 모래언덕 해변으로 달려갔다. 그곳엔 이미 동네 주민들 여럿이 나와 웅성거리고 있었다.

죽은 준수와 유진이 모래벌판에 나란히 눕혀져 있었다. 두 명의 경찰관이 사체를 살펴보면서 서류에 무엇인가 적고 있었다. 바닷물에 불어 몸도 얼굴도 두 배쯤은 커진 상태라 누군지 알아볼 수 없었지만 입고 있는 파란 체크무늬 반팔 남방과 흰 바지는 실종되던 날 새벽, 그가 양식장으로 출근하며 입고 나갔던 옷이 분명했다. 희연은 뜨거운 모랫벌에 다리를 꺾으며 그대로 주저앉았다. 땀과 눈물과 모래가 범벅된 얼굴로 오열하고 있는 그녀의 등 뒤에서 사람들은 각자 들었던 말들을 쏟아내기 시작했다. 여기는 태풍 지나고 나면 큰 너울이 한 번씩은 일어나는 곳이래요. 옛날부터 꼭 이 자리에서 사람이 죽었대요.

두 명의 목격자로 인해 사건은 부검 없이 익사 사고사로 종결됐다. 유진은 서울에서 그녀의 가족들이 와서 데리고 갔고, 준수는 희연이 이곳에서 장례를 치른 후 화장하여 바다에 뿌렸다. 두 사람의 몸은 함께 떠났지만 영혼까지 함께하지는 못했을 것이다. 준수와 유진, 그들의 영혼은 각자 자신의 자리로 돌아갔으리라 희연은 믿었다.

8

며칠 전, 세 번째 태풍이 또 지나간 바다는 오늘에야 겨우 잠잠해졌다. 지난한 시간들이었지만 이제 모두 끝난 것이 확실하다. 그들은 지금쯤 동해 바다 끝, 먼 어디에서 그 힘을 잃고 헤매다가 모두 소멸되었을 것이다. 희연은 가게 한쪽에 딸린 방으로 들어가 연하게 풀 먹여 장롱에 걸어둔 쪽빛 민소매 여름 원피스를 찾아 입었다. 수미진에 내려온 후에는 한 번도 입어보지 못하고 간직해두기만 하던 고운 옷이었다. 챙이 넓은 밀짚모자를 찾아 쓰고 부서지는 파돗빛 같은 흰 아사 스카프도 살짝 목에 둘렀다. 벽에 걸린 긴 거울 앞에서 자신의 모습을 멍하니 바라보다가 조용히 가게를 빠져나왔다. 텅 빈 두 손이 부드러운 날개 같다. 금방이라도 하늘을 향해 훨훨 날아갈 수 있을 것만 같았다.

천천히 걸어 모래언덕 해변에 다다랐다. 바다를 바라보며 모랫벌에 털썩 주저앉는다. 얼굴을 스치는 바람에는 부드러운 습기와 그윽한 솔향이 배어 있다. 익숙하고 편안한 바람이다. 왼편으로 멀리 수미진 항구가 보인다. 바다를 향해 길게 뻗어 있는 방파제 너머 반달 형태의 내항은 몹시도 평화로워 보인다. 푸른 바닷물에 잇닿은 어판장 끝자락, 막 해변이 시작되는 그곳에 한 여학생이 혼자 서성거리는 것이 보인다. 하얀 모슬린 블라우스에 감색 플레어스커

트의 교복을 입고 두 손으로 가방을 꼭 모아쥐고 있다. 이상하다. 수미진 항구는 이곳에서 1킬로미터도 더 되는 먼 거리다. 사람의 모습이 보일 리가 없다. 희연은 너무 놀라 눈을 크게 깜빡이고 다시 한 번 그곳을 바라본다. 하지만 여학생의 모습은 점점 더 가까이, 점점 더 명료하게 보인다. 더 이상한 것은 그 여학생의 모습 뒤로 어떤 그림이 펼쳐지는 것이다.

가득했던 오징어 배들이 모두 출어를 나간 저녁의 항구는 텅 비어 있다. 바다 쪽으로부터 길게 어둠이 밀려드는 어판장 안은 적막감에 싸여 있다. 잿빛 하늘을 선회하며 울던 갈매기들은 모두 제집으로 돌아갔고 방파제 외벽에 철썩이며 부딪치던 파도들도 다 잠이 들었다. 희미한 어둠 속에 사방은 그저 고요하기만 할 뿐이다. 중학생인 듯한 소녀 하나가 교복을 입고 책가방까지 든 채로 어판장 안으로 들어서고 있다. 어판장 맨 끝, 모래 해변이 시작되는 곳에 '해변옥'이라 쓰여 있는 간판이 보인다. 가느다란 불빛이 흘러나오는 목재 미닫이문 사이로 젓가락 장단에 맞춘 여자의 노랫소리가 함께 흘러나온다.

소녀는 인상을 찌푸렸다가 문 앞에서 잠시 호흡을 가다듬는다. 문을 옆으로 살짝 밀자 낮은 천장에 매달린 백열전구에서 노란빛이 쏟아진다. 예닐곱 평 남짓 공간에는 칠이 벗겨진 낡은 드럼 탁자 네 개가 있고 주변으로 나무 의자들이 널려 있다. 주방으로 들어가는 입구 첫 번째 탁자에 한 아저씨가 국밥 뚝배기와 막걸리 주전자를 놓고 앉아 있다. 벌써 몇 잔은 걸친 듯 불콰한 얼굴이다. 아저씨 맞은편에 앉아 젓가락 장단을 두드리고 있던 여자는 엉덩이는 의자에 그대로 두고 상체만 돌린다. 니는 학교 끝나면 집으로 가라니까 왜 자꾸만 가게로 오는 거나? 아버지가. 아버지가 뭐? 술 취하면 무서워서. 느 아버지 술 취하면 그러는 거 어제오늘 일이나? 소녀는 책가방을 두 손으로 모아 쥐고 선 채 구두코만 내려다본다. 계속 그렇게 버티고 서 있자 여자는 안 되겠는지 자리에서 일어난다. 국밥이나 먹고 가래이. 밖에 있다가 아버지 잠들면 살짝 들어가거래이. 소녀는 입술을 지그시 깨문다.

다른 그림이 펼쳐진다. 모래언덕 해변에서 아버지가 갑자기 너울에 휩쓸렸다고 한다. 사고를 목격했다는 한 사람이 다른 사람들에게 말하고 있다. 그물 손질을 하고 있는데 한 남자가 하얀 러닝셔츠에 체크무늬 반바지 차림으로 모래벌판을 걸어가는 모습이 보였다고 한다. 그는 조금 걸어가다 모래벌판 어느 한 지점에 털썩 주저앉더니 수평선을 마냥 바라보고 있었다고 한다. 30여 분쯤 시간이 지났을까? 엄청난 굉음이 울리기에 깜짝 놀라 돌아보니, 집채만 한 너울이 하늘로 솟구쳐 오르다가 다시 바다로 떨어졌고 방금까지 모랫벌에 앉아 있던 남자는 흔적도 없이 사라졌다고 말한다.

엄마는 머구리 잠수부들을 고용하여 온 바다를 샅샅이 훑는다. 닷새가 되었을 때 방파제 외벽 끝나는 지점의 테트라포드 밑에 끼여 있던 아버지를 찾았다는 소식을 듣는다. 연락을 받은 엄마와 소녀는 한여름 햇살이 내리꽂히는 뜨거운 방파제에 서서 아버지가 끌어올려지기를 기다린다. 잠수부들이 끌어올린 아버지는 그 형체를 알아볼 수가 없다. 며칠 사이에 물고기들의 먹이가 됐는지 온몸은 구석구석 뜯겨져 있다. 얼굴 부분의 살점들은 너덜너덜 해어져서 흰 러닝셔츠와 체크무늬 반바지만 아니었다면 누구인지 도저히 알 수 없는 끔찍한 모습이다. 엄마는 원주에 있는 본가에 급히 연락한다. 큰어머니와 오빠들이 와서 함께 장사 지냈고 아버지를 원주에 있는 선산으로 모셔 간다.

세상 사람들은 내가 느 아버지를 꾀어 살림을 차렸다지만 그게 아이다. 원주에 처자식이 있는 것을 꿈에도 모른 기다. 군청에 근무하느라 혼자 하숙하는 거를 보고 총각으로 안 기다. 나중에 알아봤자 뭔 소용이 있나? 뱃속에는 이미 네가 척 들어앉아 있었는데. 세상 사람들 말이 맞는지, 엄마의 말이 맞는지 소녀는 알 수가 없다. 아버지는 첩을 거느린 공무원으로 낙인찍혀 한직으로 전전한다. 소녀가 초등학교 6학년 무렵, 아버지는 청 내의 어떤 비리에 연루된다. 그때 함께했던 사람들은 징계 수준에서 마무리됐지만 아버지는 파면당한다. 그 후로 알코올에 의지하는 날들이 많아지고, 점점 중독 증세를 보이다가 돌이킬 수 없는 길로 들어선다.

아버지가 돌아가시고 얼마 안 있어 원주의 본가에서 연락이 온다. 아버지 생전에 보험을 들어놓았는데 수익자가 원주에 있는 두 오빠와 소녀의 이름으로 되어 있다고 한다. 보험금은 일시 수령이 아니라 대학에 들어가면 지급받게 되는 학비와 생활비 특약으로 계약되어 있다고 한다. 큰어머니는 소녀에게 공부를 열심히 해서 어떻게든 대학을 들어가라고 말한다. 생각지도 않게 새로운 길이 보인다. 이곳에서, 엄마에게서 멀리 떠날 수 있는 길이다. 수미진이라는 이 어항에서 자라는 내내, 소녀에게 '첩의 딸'이라는 꼬리표를 달아줬던 엄마다. 이곳만 떠나면 이제 그 어디에서도 자신을 업신여기는 사람은 없을 것이라 소녀는 생각한다. 오래도록 아팠던 그림들이다.

어디선가 울리는 힘찬 경적 소리에 희연은 퍼뜩 정신을 차린다. 조금 전까지 눈앞에 펼쳐졌던 그림들도, 흰 모슬린 교복의 소녀도 모두 사라졌다. 멀리 수미진 크루즈가 거대한 선체를 흔들며 천천히 항구를 빠져나오는 것이 보일 뿐이다. 푸르게 빛나는 그것은 마지막 여름의 뜨거운 햇살을 받아치며 하얀 물보라를 일으킨다. 희연은 먼 수평선과 평행선을 그으며 달리는 수미진 크루즈를 아득하게 바라본다. 속도가 조금씩 빨라지며 선수가 물결을 가르자 선미에서는 커다란 너울이 일어난다. 푸른 너울에 화답하듯 먼바다에서 하얀 파도들도 달려오고 있다. 그제야 모랫벌에서 일어난 희연은 바다를 향해 천천히 걸어가기 시작한다.

애골 그 할아버지

가스불에 오래 고아낸 구수한 우럭미역국, 진간장 양념에 얕게 재운 달큰한 불고기, 콩기름에 지져낸 고소한 생선전 냄새가 부엌 쪽에서 일제히 풍겨오기 시작했다. 어젯밤 사다 둔 커다란 케이크를 긴 교자상 위에 세팅하던 나는 참을 수 없는 냄새에 코를 킁킁거리며 부엌 쪽으로 고개를 돌렸다. 외숙모들과 함께 음식을 만들고 있는 엄마의 모습이 보였다. 그녀는 전장에서 병사들을 지휘하는 장수처럼 위풍당당했다. 왜 아니 그러하랴? 외할머니의 생신을 직접 차려드리겠다고 병원에 휴가까지 내고 그 어둔 밤길을 3시간이나 달려 내려온 이 집안의 맏딸이 아니던가? 더구나 할머니가 가장 예뻐하는 나까지 대동하고. 충분히 그럴 만 했다. 커다란 국자를 들고 가스불 앞에서 간을 맞추던 엄마는 마른행주로 수저들을 닦고 있던 막내 외숙모에게 말했다.

“올케. 볶은 야채 얼추 식었으면 삶은 당면하고 함께 좀 버무려 줄래? 참기름은 꼭 맨 마지막에 넣고.”

“네. 형님. 그럴게요.”

외숙모는 삶은 당면과 볶은 야채들을 커다란 양푼에 한꺼번에 다 쓸어 담았다. 진간장을 한 바퀴 휘리릭 돌리고 깨소금과 설탕도 솔솔 뿌렸다. 비닐장갑 낀 오른손으로 몇 번 살살 뒤적이고 나서 옆에 놓아둔 참기름병을 집어 들었다. 뚜껑 연 참기름병을 슬쩍 기울인 그녀는 양푼 안쪽에 원을 그리며 길게 돌렸다. 휘리릭, 휘리릭. 병을 흔들어가며 두 번 돌리자 말간 느낌의 갈색 액체가 양푼 안의 재료들 위로 적당히 흩뿌려졌다. 병 속에 갇혀 있던 고소한 냄새가 알라딘의 요술램프에서 빠져나오는 연기처럼 피어올랐다. 주인님, 무엇이 필요하신가요? 우리에겐 극강의 맛이 필요하단다. 네가 가지고 있는 신비한 능력으로 이 세상의 절대 맛을 만들어주겠니? 예. 기꺼이 그렇게 해드리겠습니다. 숙모는 양푼에 쓸어 담긴 재료들을 다시 한 번 살살 버무렸다. 버무려진 잡채를 조금 집어 든 그녀는 고개를 약간 뒤로 젖히며 자신의 입에 쏙 집어넣었다. 오물오물 잡채를 맛보던 그녀는 눈을 가느스름하게 뜨고 황홀한 표정을 지었다. 그러다가 그만, 그녀의 눈은 아까부터 그 모습을 빤히 바라보고 있던 나의 눈과 딱 마주치고 말았다. 그녀는 아주 급하게 겸연쩍은 표정으로 바꾸며 말했다.

"수연아. 너도 이거 맛 좀 볼래?"

내가 딱 기대하던 물음이었다. 나는 반짝이는 눈으로 고개를 끄덕였다. 숙모는 엄지, 검지, 두 개의 손가락으로 당면, 야채, 소고기를 골고루 섞어 집어 들었다. 나는 그 앞으로 쪼르르 다가와 날름 입을 벌렸다. 그녀가 그것들을 조심스레 내 입에 넣어줬다.

"오. 마시쪄요. 마시쪄."

나는 엄지손가락을 척 빼어 들며 혀 짧은 소리로 외숙모의 음식 솜씨를 칭찬했다. 이제 모든 음식들은 거의 다 완성된 것 같았다.

따리링. 따리링. 거실 탁자에 놓인 전화기에서 벨이 울렸다. 안방에서 뭔가 정리를 하고 있던 할머니가 얼른 뛰쳐나와 수화기를 집어 드는 것이 보였다.

"응, 그래. 아휴. 저를 어쩌나?"

몇 마디 이야기가 왔다 갔다 하더니 할머니는 쯧쯧, 혀를 차며 수화기를 내려놓았다. 무슨 일이 생겼느냐고 묻지 않을 수 없었다.

"건넛마을에 사는 내 동무인데 오늘 아침 식사 초대를 했거든. 조금 전에 집에서 나오다가 난간을 헛디뎌 다리를 삐었다는구나."

부엌에서 우리의 이야기를 듣던 엄마가 거실 쪽으로 고개를 쭉 빼면서 물었다.

"그러면 식사에는 오지 못하시는 거예요?"

"걷지를 못한다잖냐. 혼자 사는 할미라 맨날 대충 때우는 게 안

됐어서 오늘 맛있는 거를 좀 먹여줄까 했더니 먹을 복도 참 지지리 도 없는 사람이다. 쯧쯧."

할머니는 친구가 안타까운지 자꾸 혀를 찼다. 아무래도 안 되겠는지 엄마가 다시 입을 열었다.

"아침 식사 끝나고 그 집에 갖다주게 음식을 좀 덜어놓을게요."

"그래. 그렇게 하면 좋겠구나."

엄마의 말에 할머니는 화색을 띠고 대답하다가 당신 말이 다 끝나기도 전에 다시 말을 바꿨다.

"아니다. 그 할미가 생일상 얻어먹으러 온다고 아침도 안 했을 텐데 배가 좀 고프겠나? 아예 지금 조금 싸라. 내가 수연이 데리고 얼른 갖다주고 올란다."

나는 케이크에 초도 꽂아야 하고, 숟가락도 놓아야 하고, 할 일이 많은데 난데없이 할머니에게 붙들려 어디론가 따라가게 생겼다. 난감했다.

"금방 상 차려야 하고, 다른 친구분들도 곧 오실 텐데 주인공이 없으면 어떻게 하라고요?"

엄마가 내 마음을 안다는 듯 볼멘소리로 말했다.

"아이고, 내 금방 갔다 온다. 삼십 분도 안 걸린다."

할머니는 완강하게 말하며 자리에서 일어섰다. 우리 할머니는 당신이 한 번 내뱉은 말은 죽어도 지키는 의지의 한국인이다. 그걸 뼛속 깊이 아는 엄마는 더 이상 말을 안 하고 입을 다물었다. 맛있는 음식과 과일, 달콤한 식혜를 담은 페트병을 넣은 비닐 쇼핑백 두 개를 할머니와 나는 나눠 들었다. 현관을 나와 마당을 건너 할머니 집의 상징인 파란색 나무대문을 밀었다. 삐거더억. 할머니 목소리처럼, 할머니 몸처럼 느리고 오래된 소리가 났다.

아침 여덟 시도 채 되지 않았는데 대문 밖에는 벌써 햇빛이 뜨겁게 내리친다. 할머니 말씀으로는 한여름이라 해가 일찍 떠올라 그렇다고 한다. 붉은 태양이 내 이마를 향해 레이저를 쏘아대는 것만 같았다. 우리는 골목길을 빠져나가 조금 걷다가 2차선 큰길로 접어들었다. 아스팔트로 포장된 도로 위엔 눈에 보이는 것 같기도 하고 안 보이는 것 같기도 한 뜨거운 열기가 스멀스멀 피어나고 있었다. 이른 봄 먼 들판에서 아른거리던 아지랑이가 하루하루 지나면서 이곳까지 밀고 들어와 도로 밑에 오래 숨어 있었던 것 같았다. 그것들은 이 여름의 뜨거운 태양을 만나자, 얼씨구나 반갑구나. 드디어 내 세상이로구나! 하며 일제히 피어오르는 것 같았다.

큰길을 지나 또 한참 걷다가 4차선 신작로 입구로 막 접어들었을 때였다. 그곳에서 커다란 바위 위에 걸터앉아 쉬고 있는 할아버지 한 분을 만났다. 긴 지팡이를 끌어안다시피 한 자세였고 나이는 아주 많아 보였다. 그는 열기가 차오르고 있는 대기의 온도를 감당하기 벅찬 듯, 이마에서 얼굴로 흘러내리는 땀을 연신 수건으로 닦아내고 있었다. 주름진 얼굴에는 검버섯이 드문드문했고, 바싹 마른 팔다리가 잎이 다 떨어져버린 나뭇가지처럼 버석버석해 보였다. 짧다면 짧고, 길다면 긴 열두 살 인생을 나름 야무지게 살아온 나였지만, 내 머리로는 도저히 짐작할 수 없는 나이의 할아버지였다. 그런데 우리 할머니가 그 할아버지를 보자마자 반색하며 인사를 했다.

"아이고, 어르신. 벌써 댕게가시는 거래요?"

일흔일곱이나 된 우리 할머니가 그렇게 공손하게 인사하는 할아버지라면 아무래도 나이가 무지 많으리라 짐작됐다.

"야. 시원할 때 댕게간다고……."

할아버지는 반가움과 겸연쩍음이 함께 섞인 묘한 표정을 지으며 대답했다. 내가 그 대답하는 모습을 유심히 훑어보니, 할아버지가 젊었을 땐 스타일이 보통은 아니었을 듯싶었다. 비록 지팡이를 끌어안다시피 하고 바위 위에 걸터앉아 있기는 했지만, 언뜻 팔다리의 길이로 짐작해보니 서 있으면 훤칠할 키에 만만찮은 골격이었다. 거기다 날카로울 정도로 뚜렷한 이목구비, 옛날에는 정말 TV에 나오는 아이돌 오빠들처럼 멋이 있었을 것 같았다.

"어르신, 그럼 조심해서 잘 댕게가시우야."

"야."

할머니와 그 할아버지가 인사를 나누고 헤어지자 나는 할머니 곁에 바짝 붙어서 따라 걸으며 물었다.

"할머니, 저 할아버지 누구야?"

"어, 저쪽 애골에 사시는 할아버지인데."

"나이가 무지무지 많은가봐."

"아이고, 니 눈에도 그래 뵈나?"

할머니는 내 눈썰미가 놀랍다는 듯 말했다.

"나는 여직 살면서 저렇게 늙은 할아버지는 한 번도 본 적이 없는 것 같아."

"하이고야. 니가 살면 얼마나 살았다고."

할머니는 기가 막히다는 눈으로 나를 쳐다보다 갑자기 무언가 생각난 듯 다시 혼잣말을 했다.

"저 어른이 아마도 올해 여든여덟인가는 되셨을 건데……."

"그렇게나 나이가 많아? 아우, 정말 많다."

내가 알고 있는 사람들 중에는 우리 할머니가 제일 나이가 많았다. 빠르게 계산을 해보니 저 할아버지는 우리 할머니보다 열한 살이나 더 많았다. 나로서는 정말 놀라지 않을 수 없는 살아 있는 사람의 나이였다.

"그런데 저 할아버지가 이른 아침부터 우리 동네에는 왜 오신 건데?"

나는 그 할아버지가 궁금해졌다. 무엇인지는 모르겠지만 그냥 궁금했다.

"그럴 만한 일이 있지."

할머니는 의미심장하게 말했다.

"무슨 일인데?"

"아, 그럴 일이 있다니까. 애들은 몰라도 된다."

내가 계속 묻자 할머니는 난감했는지 거기에서 그만 내 말을 딱 막고 말았다.

"힝. 할머니는 지난번엔 나보고 이제 다 컸으니 엄마 일도 도와주고, 내가 아버지 욕하니까 어른들의 세계를 이해해야 한다고 했으면서 이럴 때는 또 애들이래? 항상 할머니 멋대로, 할머니 생각대로, 할머니 편한 대로만 말하지."

나는 옆에 붙어 따라가며 계속 종알거렸다. 할머니는 나의 불만 섞인 종알거림을 한참 듣더니 뭔가 결심한 듯, 그래, 그까짓 것 말 못 할 게 뭐 있냐? 하는 표정으로 다시 입을 열었다.

"할아버지 애인이 우리 동네 산단다. 그래서 그 멀리서 이렇게 찾아오는 거지."

"애인? 아이고, 저 할아버지가 애인을 찾아 여기까지 온다고?"

애인이라는 단어가 나이 많은 할머니 입에서 자연스럽게 나왔다는 것이 나로서는 정말 놀랄 일이었다. 그러나 나는 그것을 감추고 내 얼굴에는 드러나지 않도록 했다. 잘못하다가는 할머니가 이대로 입을 다물고 마는 수가 있었다. 조심스럽게 접근해야 했다. 할머니는 나를 여섯 살부터 열 살까지 4년 동안 이곳에서 키워주셨다. 그래서 나는 웬만한 동네 사람들은 거의 알고 있었다. 더구나 할머니 친구들은 모두 알고 있었다. 할머니가 조금의 힌트만 준다면 어쩌면 혼자도 알아낼 수 있을지도 몰랐다.

"저 할아버지 애인이 우리 동네 사는 사람이라면……. 도대체 누구지?"

천천히, 그리고 제법 자연스럽게 물었다.

"니 바닷가 나가는 길 우물가 옆에 살던 성훈이 할머니 알지?"

"성훈이 할머니?"

"그래. 저 할아버지 애인이 바로 성훈이 할머니잖나."

"어머. 정말요? 대박. 대박."

언제나 힘없이 파리한 모습에 허름한 몸빼 차림이던 성훈이 할머니의 모습을 떠올려보니 그 할머니가 누군가의 애인이라는 사실이 믿기지 않았다. 너무 놀라 입이 다물어지지도 않았다.

"야가 뭔 알아들을 수도 없는 말을 하고 그래나? 대박이 뭔데 자꾸 대박, 대박이래나?"

"그런 게 있어. 할머니. 너무 대단한 일이라는 뜻이야."

"그래. 생각해보면 성훈이 할머니 입장에서는 대단하긴 대단한 일이지."

할머니는 내 호들갑에 잠시 놀라기는 했지만 금방 표정을 바꾸며 내 말에 수긍했다.

"할머니. 성훈이 말야. 옛날에 엄마 따라가고 나서 다시는 여기 온 적 없어?"

내가 성훈이 이야기를 꺼내자 할머니는 그제야 생각난다는 듯이 말했다.

"아이고. 나는 걔를 까마득히 잊고 있었는데 너는 안 잊어버렸구나."

"걔가 1학년 때 내 짝꿍이었어. 그러니 잊어버릴 수 없지."

성훈이의 하얗고 파리하던 얼굴이 떠올랐다. 그동안 잊고 있는 줄 알았었는데 잠시 생각해보니 나는 그 아이를 잊은 적은 한 번도 없었던 것 같았다.

"그래, 나도 이제야 생각이 나는구나."

할머니도 성훈이의 얼굴을 떠올리고 있는 것 같았다.

"성훈이 참 착했는데……."

나는 어느 날의 풍경이 한 장의 그림처럼 머리에 떠올라 혼잣말로 나직하게 말했다. 할머니는 내 말을 들었는지 못 들었는지 거기에 대한 대답은 없이 아까 하던 얘기를 계속했다.

"그때 걔 엄마가 데리고 간 후로는 여기랑 인연이 완전히 끊겼지 뭐. 아버지 죽고 할머니만 남은 집에 더 이상 무슨 연줄이 있겠냐? 에미 따라 새 아버지 집으로 들어갔다는데 지한테는 그게 외려 튼튼한 줄이지."

내가 외할머니 집에서 살기 시작한 것은 여섯 살 때부터였다. 엄마는 아버지와 이혼하면서 나에 대한 양육권을 얻어냈다. 하지만 막상 엄마의 형편은 나를 직접 기를 상황이 아니었다. 결혼 전에 대학병원의 간호사로 일했던 엄마는 7년이라는 경력 단절을 극복하고 대학병원 재취업에 성공했지만 그 병원에서는 나이트 근무가 필수였다. 어린 나를 밤에 혼자 둘 수 없었던 엄마는 고심 끝에 이곳 주문진의 외갓집으로 내려보냈다. 초등학교에 입학하게 되면 데려간다고 2년 만 키워달라고 할머니께 부탁했다. 하지만 나는 그 후로 4년이나 더 지난 열 살이 되어서야 서울로 올라갔다. 이곳에 살 때는, 언제 엄마 곁에 돌아갈까? 빨리 엄마와 함께 살고 싶다는 생각으로 어린 마음에 힘이 들었다. 그러나 막상 엄마가 나를 위해 나이트 근무가 필요 없는 개인병원으로 자리를 옮기고 나를 데려가려고 하자 그때는 내가 이곳을 떠나기 싫어졌다. 첫 번째 이유는, 그 사이에 할아버지가 돌아가셔서 할머니가 홀로 되셨기 때문에 할머니를 두고 떠나는 게 슬펐기 때문이다. 두 번째 이유는 막연하게나마 서울 생활에 새로이 적응해야 한다는 것이 두려웠다는 것이다. 서울에 가면 너무 쓸쓸해지지 않을까? 하는 생각이 들었다. 어찌됐든 내가 엄마와 떨어져서 계속 살 수는 없는 일이었으므로 나는 이곳에 내려온 지 4년 만인 초등학교 3학년 때 서울로 올라갔다. 내 나이 열 살이었던 재작년의 일이었다.

성훈이는 초등학교 1학년 때의 내 짝꿍이었다. 도화지처럼 하얀 얼굴에 짧은 상고머리를 한 곱상한 얼굴의 아이였다. 그 아이는 그림을 아주 잘 그렸다. 평소에는 말이 없고 아이들과도 잘 어울리지 않았지만 미술 시간만 되면 자신감 뿜뿜이었다. 아이들은 성훈이가 스케치북에 쓱싹쓱싹 그림을 완성하고 나면 와. 함성을 질렀다. 은빛 제트기가 파란 하늘로 쌕쌕 날아가고 그 꽁무니에서는 하얀 구름이 피어나다가 하늘 속으로 길게 줄을 그으며 내달렸다. 고기를 잡는 어부들의 굵은 팔뚝에 힘줄이 불끈불끈 솟아나고 그물에 걸린 은빛 물고기들은 하늘로 팔딱팔딱 튀어 오르는 그런 그림들을 그렸다. 선생님은 성훈이가 그린 그림에 언제나 칭찬을 아끼지 않았다.

"성훈이는 나중에 크면 훌륭한 화가가 되겠다."

그런 말을 들을 때면 핏기 없이 하얀 성훈의 얼굴은 발그스레 화기가 돌았다. 자신감에 흥분하는 것 같기도 했고 부끄러움에 수줍어하는 것 같기도 했다. 내가 성훈이와 친하게 지낸 것은 짝꿍이어서 그렇다고 할 수도 있겠지만, 그것보다는 어느 날의 그 사건 때문이었다고 하는 것이 더 맞을지도 몰랐다.

어느 날 밤, 방에서 자고 있던 나는 목이 말라 눈을 떴다가 거실에서 할머니가 이모할머니에게 하는 얘기를 들었다. 어려서부터 똑똑해서 기대가 많았던 맏딸이 사위 놈에게 배신당하고 힘들게 사는 걸 보는 게 속상하다고 했다. 공부는 그렇게 잘했던 것이 남자 보는 눈은 요만큼도 없는 헛똑똑이라고 했다. 어린아이를 키워주기엔 자신의 나이가 너무 많아 이젠 이것저것 힘에 부친다고 했다. 그러나 어떻게든 딸이 자리를 잡고 다시 일어설 수 있도록 도와주기 위해 버텨가고 있다고 했다. 그때 나는 할머니의 마음과 할머니의 상황을 처음 알았다. 내가 이곳에서 그냥 살아지는 것이 아니라는 것을 어린 나이에 처음으로 인지했다. 앞으로는 절대 할머니에게 떼를 쓰거나 응석을 부리지 말아야겠다고 결심했다. 나는 아마도 그때부터 철이 들기 시작한 것 같았다. 사실 초등학교 1학년은 제대로 철이 들기엔 너무 어린 나이였다.

한 달에 한 번씩 나를 보러 외갓집에 내려오는 엄마를 기다리는 것이 내겐 기쁨이었다. 할머니가 아무리 잘해주셔도 마음 한편엔 뭔가 허전했다. 하지만 조금이라도 기분이 우울해져 있으면 할머니가 걱정하기 때문에 내 마음을 있는 그대로 표현할 수가 없었다. 힘들거나 곤란할 때나, 그저 배시시 웃는 것으로 스스로를 다스렸을 뿐이었다. 동네 할머니들은 나에게 '배시시 예쁜이'라고 불렀다.

그날은 엄마가 내려오기로 약속된 날이었다. 학교 갔다 오면 엄마가 와 있을 거라는 생각에 들뜬 마음으로 등교 준비를 하는데 전화벨이 울렸다. 엄마였다. 갑자기 급한 일이 생겨서 이번에는 내려오지 못한다고 했다. 전화를 끊고 나자 나는 너무 속상해 눈물이 날 것 같았다. 크게 소리 내어 울고 싶었다. 그러나 할머니 앞에서 눈물을 보이면 안 됐다. 내 눈물을 본 할머니가 분명 내 슬픔보다 몇 배나 더 슬퍼할 것이기 때문이었다. 얼른 책가방을 챙겨 학교로 달려갔다. 교실에 들어서자마자 내 책상으로 가 앉았다. 아무도 내 얼굴을 보지 못하게 두 손을 책상 위에 올리고 그 위에 엎드렸다. 참았던 눈물이 흘러내려 손등으로 번졌다. 점점 참을 수 없어졌고 급기야 꺼이꺼이. 소리를 내며 울고 말았다. 정말 오랜만에 울어본 울음이었다. 친구들이 내 책상 주위로 우르르 몰려들었다.

그 아이들은 모두 초등학교 일 학년짜리들이었다. 누군가를 위로 한다는 것을 생각하기 힘든 나이였다. 위로는커녕, 그 누구의 작은 슬픔이라도 보게 된다면 그걸 장난감 삼아 놀리고 싶은 마음이 먼저 솟아오르는 그런 나이였다.

"얼러리 꼴러리. 얼러리 꼴러리."

"수연이는 울보래요. 수연이는 울보래요."

몇 명의 아이들이 내 주위를 둘러싸고 박자를 맞춰 노래를 불렀다. 나는 점점 더 크게 울었다. 그때 누군가 큰 소리를 지르며 내 책상 쪽으로 뛰어왔다.

"야! 너희들 모두 저리 안 비켜?"

아이들이 멈칫하며 하나둘 물러서는 것이 느껴졌다. 나는 손은 그대로 얼굴에 붙여 엎드린 채 손가락만 넓게 펴서 그 사이 사이로 주변을 살펴보았다. 성훈이가 두 손으로 자기 책가방을 높이 들고 아이들을 향해 마구 휘두르고 있었다.

"저리 가란 말이야! 이 나쁜 자식들아."

손등에 얼굴을 붙이고 엎드려 다시 크게 울었다. 그러나 그것은 더 이상 슬픔의 눈물이 아니었다. 아마도 나는 그때부터 성훈이를 마음 깊이 좋아하게 된 것 같았다.

신작로를 가로질러 주택가 골목으로 50여 미터쯤 걸어가자 할머니의 친구 집이 나왔다. 우리가 들어서자 마루 끝에 앉아서 야채

거리를 다듬고 있던 할머니의 친구는 반색하면서 일어서다가 신음 소리를 내며 다시 주저앉았다. 자신이 발을 삐었다는 것을 잠시나마 잊은 것 같았다. 음식이 담긴 비닐 쇼핑백을 할머니 친구 옆에 내려놨다. 할머니 친구가 쇼핑백을 열어보며 말했다.

"아침부터 뭐를 이렇게 많이 가지고 왔어?"

"우리 동무가 맘에 걸려서 내가 맛있는 것이 입에 들어가야 말이지."

"세상에나. 인정스럽기는. 우선 이리 올라와서 앉아봐."

할머니 친구는 감격스런 표정으로 말했다. 하긴 우리 할머니 인정스러운 것은 동네에서 다 알아줬다. 나라도 친구가 그렇게 해주면 감격할 것 같았다. 아니, 나는 두 손을 잡고 막 엉엉 울 것 같았다.

"아니야. 아직 아침을 안 먹어서 금방 가봐야 해. 이왕이면 아침 먹기 전에 갖다준다고 이렇게 서둘러 왔잖나."

황혼을 넘어가는 할머니들의 우정은 몹시도 보기가 좋았다. 우리는 할머니 친구의 인사를 받으며 밖으로 나와 아까 왔던 길을 되돌아 걸었다. 집을 떠날 때로부터 30분은 더 넘게 지나간 것 같았다. 해는 더 높이 떠오르고 아스팔트에서 뿜어내는 열기도 아까보다 더 뜨거웠다. 한참 걷다가 신작로를 건너는데 아까 만났던 그 할아버지가 그 바위 위에 그대로 앉아 계시는 것이 보였다. 할머니는 깜짝 놀라 할아버지에게 다가서며 말했다.

"아이고, 어르신. 안즉도 안 올라가신 기래요?"

"야."

"해가 고대 올라 더워질 텐데, 그럼 올라가시는 기 힘이 마이 드실긴데요."

"야, 인제 슬슬 일어서야지요."

더 더워지기 전에 얼른 집으로 돌아가시라는 할머니의 재촉에 할아버지는 순순히 대답을 했지만 내가 보기에는 금방 그곳을 일어설 생각이 없는 듯했다. 할아버지를 만나자, 아까 성훈이를 생각하느라 잠시 끊어졌던 그 할아버지와 성훈이 할머니와의 애인 관계에 대한 궁금증이 다시 솟아났다.

"할머니. 저 할아버지는 걸어 다닐 힘도 없는 거 같은데 어떻게 애인을 본다고 여기까지 와?"

"좋으니 그런 거 아니겠나?"

"아무리 그래도 그렇지. 그 나이에 좋으면 뭐가 그렇게 좋을 거라고."

나는 할아버지가 정말 주책이라는 생각이 들면서 자꾸 웃음이 나왔다. 내가 자꾸만 실실거리며 웃자 할머니는 정색하며 말했다.

"남들 보기에는 우스워 보여도 그 사람들 사정은 또 그런 게 아니다."

할머니의 단호한 말에 나는, 내가 너무 버릇 없이 굴었다는 생각이 들었다.

"미안해, 할머니. 나는 그냥 아무 생각 없이. 정말 미안해."

"아니다. 누구라도 그렇게 볼 수가 있지. 이제 세상 다 산 노인네들 아니냐?"

할머니의 얼굴에는 쓸쓸함이 엷게 어렸다. 집까지 가는 동안 어떻게든 이 이야기를 이어서 들어봐야겠다는 생각이 들었다. 어쩐지 그래야 할 것 같았다. 이 이야기에는 할머니의 마음과 감정도 함께 얽혀 있다는 느낌을 받았다. 다 듣고 난다면 할머니의 마음을 이해하게 될지도 몰랐다.

"할머니, 성훈이 할머니와 저 할아버지 사이에 무슨 문제라도 있는 거야?"

아주 아주 상냥하게, 그리고 애교스럽게 물었다. 할머니는 예전부터 나의 그런 말투를 아주 좋아했다. 그렇게 예쁘게 물으면 안 해주는 말이 없었다. 그제야 할머니는 얼굴을 풀며 이야기를 꺼내기 시작했다. 할아버지가 성훈이 할머니하고 사귄 것은 이 년 정도 됐다고 했다. 얼마 전에 할아버지가 병석에 누웠다가 일어나 아직 기력이 완전히 회복 안 돼 그렇지 이 년 전만 해도 아주 정정한 분이셨다고 했다. 인물도, 집안도 좋아서 그쪽 애골에서는 알아주는 집안이라고 했다. 애인, 애골……. 가만히 뇌어보자니 어쩐지 그 두 단어의 느낌이 비슷한 것도 같았다. 애골이란 동네의 그 애자가 내가 한문교습소에서 배웠던 사랑 애(愛) 자라서 그런 것일까? 여러 가지 생각들이 두서없이 머릿속에 떠올랐다 사라졌다. 할머니께 애골이 어디에 있는 동네인가 물었다. 주문진 시내에서 한참 서쪽에 있는 동네인데 농촌이라고 했다.

"여기서 멀어?"

"이 좁은 주문진에 차로 간다면야 뭐 다 거기서 거기지. 하지만 걸어가면 애골은 여기서 꽤나 먼 곳이지. 멀고말고지."

할머니는 바닷가와 항구, 그리고 시장통의 중간에 위치해 거칠고 억척스런 이 동네 사람들과는 달리 그곳 애골 사람들은 유순하고 어질다고 했다. 조상 대대로 물려받은 땅에서 농사지으며 부대낌 없이 살아온 사람들이 대부분이라 마음이 양반이라고 했다. 할아버지네도 농사를 짓느냐는 내 물음에 할머니는 고개를 약간 갸우뚱거리며 대답했다.

"할아버지 집안은 대대로 땅을 많이 가지고 있는 지주 집안인 것 같더라고. 내 세세한 것은 잘 모르겠다만 저 할아버지도 예전에는 어디 한자리했었다는 것 같더라고. 지금 다 늙었는데 옛날의 자리, 그기 무슨 소용이겠냐마는 그래도 옆에서 가만 보니 행동이 여느 사람들과는 다르더라고."

"어떻게 다른데?"

"음매나 점잖고 자상한지 몰라. 저 할아버지 같은 사람을 우리 동네에서는 난 못 봤다."

아까 처음 할아버지를 만났을 때, 할머니가 그를 대하던 모습이 생각났다. 할머니는 할아버지를 진심으로 좋아하고 존경하고 있음이 느껴졌다.

"느이 할아버지가 내인테 저렇게 했다면 나는 느 할아버지를 맨날 업고 다녔을 기다. 하이고, 그 성질머리 때문에 내가 평생 힘들었잖나?"

잘 나가다가 갑자기 돌아가신 할아버지에게로 화살을 돌렸다. 키가 조그마한 할머니가 덩치가 산만 했던 할아버지를 업고 다니는 모습을 생각해보니 너무나 우스웠다.

"우리 할아버지 성질은 좀 불같았지. 그건 나도 알아."

나는 할머니 말에 슬쩍 박자를 맞췄다.

"나도 예전엔 동네에서 나 좋다는 총각들이 많았다. 근데 느이 외증조할아버지가 어디 바깥으로 잠시 눈이라도 돌리게 했드나? 그랬다간 맞아 죽었지. 아버지 무서워 꼼짝도 못 하고 집안에만 있다가 중매해서 시집을 온기 느이 할아버지잖나. 그느므 성질머리가 그러 불같은지를 그때 내가 우터 알았겠나?"

할머니는 뭔가 억울한 것 같은 얼굴이었다. 어쩌면 우리 할머니도 오래전엔 부드럽고 다정한 남자와의 연애를 꿈꾸었는지도 모른다는 생각이 들었다. 하지만 이제 와서 그것이 다 무슨 소용인가? 이제 할머니는 너무 늙었고, 그런 연애는 불가능했다. 이제 내가 궁금한 것은 애골에 사는 그 할아버지가 우리 동네 사는 성훈이 할머니와 어떻게 만났는지 그것이었다. 그런데 무슨 일인지 할머니의 얘기는 자꾸만 샛길로 빠지고 있었다. 나는 성훈이 할머니 얼굴을 떠올려보았다. 그러자 성훈이 엄마 아빠 얼굴이 희미하게 뒤따라왔다. 처음에 그들의 모습은 연필로 그려두었던 오래전 화첩 속의 흑백 그림처럼 희미했는데, 곧 분무기로 살짝 물을 뿌린 것처럼 선명해져왔다.

성훈이 할머니의 단 하나뿐인 아들이었던 성훈이 아빠는 동네에서 소문난 술주정꾼이었다. 그의 직업은 간판과 현수막을 그리는 그림쟁이였다. 옛날에는 유명한 화가였다고 했는데 뭐가 잘못돼서 그쪽 세계에서 밀려났다느니, 스스로 팽개치고 나왔다느니, 말들이 많았다. 옛날에 그가 어떤 사람이었든 간에, 그때의 그는 하루 일만 끝나면 고주망태가 되어 집으로 돌아오는 술주정뱅이였다. 집에 돌아오면 인사불성이 되어 잠들었는데, 문제는, 자다가 꼭 다시 일어나서 소리 지르며 집기를 때려 부순다는 것이었다. 회색 슬레이트로 낮게 지붕을 덮어 지은 작은 집은 바닷가 쪽을 향하여 옹색하게 웅크려 앉아 있었는데 집안에서는 집기가 날아가는 소리, 그것들이 어딘가에 부딪쳐 와장창 깨지는 소리가 끊이지 않았다. 그 소리에 맞춰 비명 소리가 들리고 문이 후다닥 열리며 성훈이 엄마가 헝클어진 모습으로 뛰쳐나와 신발도 제대로 꿰지 못한 채 어디론가 내달았다.

우리가 초등학교 2학년에 올라가던 어느 날, 성훈이 엄마는 결국 집을 나가고 말았다. 사람들 말로는 성훈이 엄마가 아저씨의 술주정을 견디지 못해 도망갔다고 했다. 젊은 여자가 참으로 불쌍하다고 했다. 잘 도망갔다고도 했다. 그러나 어떤 사람들은 또 이런 말도 했다. 자식 버려두고 간 여자가 어디 간들 잘 살 수 있을까? 아무리 산다고 살아도 제대로 사는 목숨은 아닐 거여. 성훈이 엄마가 집을 나간 뒤 아저씨의 술주정은 점점 더 심해졌다. 그리고 그것을 받아내야 하는 것은 모조리 성훈이 할머니 몫이었다. 사람들이 성훈이 할머니 안 들리게 뒤에서 수군대는 소리를 나는 몇 번 들은 적이 있었다. 귀신들은 저런 놈 안 잡아가고 어디서 뭘 하고 있나. 어서 어서 뒈져버려야 남은 사람들이라도 제대로 살지. 그리고 몇 달 안 있어 성훈이 아버지는 정말로 죽고 말았다. 술병으로 죽었다고 사람들이 말했다. 잘 죽었다고도 말했다. 나는 그런 말을 하는 사람들이 미웠다.

성훈이 할머니는 갸름한 얼굴, 얇은 눈까풀의 기다란 눈, 날씬한 키에 하늘하늘한 몸매를 가졌다. 나이가 들었어도 아주 여성적으로 보이는 모습이었다. 젊었을 적에는 꽤 어여뻤으리라 쉽게 짐작할 수 있는 얼굴이었다. 그러나 술주정뱅이 아들 때문에 동네에서 오랫동안 창피함을 당하고 살아서인지 항상 의기소침했다. 거기다 며느리까지 어린 자식을 버려두고 도망을 갔으니 동네에서 할머니의 자존감은 저 벼랑 아래로 데굴데굴 굴러떨어졌다. 언제 봐도 우울한 얼굴이었고 입을 열어 떠들거나 웃는 모습을 보이지 않았다. 그렇지만 나는 성훈이 할머니가 하나 있는 손자 성훈이에게만은 끔찍한 애정을 보인다는 것을 잘 알고 있었다. 일이 바쁜 엄마들은 별생각 없이 거르는 학부모 모임에도 꼭꼭 참석했고 소풍 날이나 운동회 날에도 절대 빠지지 않았다. 행여 성훈이가 아이들에게 기죽을까 알뜰히 살뜰히 보살폈다.

그것 말고 내가 느꼈던 것이 또 하나 있었다. 엄마가 도망간 이후의 성훈이는 이미 그 전의 성훈이가 아니라는 것이었다. 원래도 말이 없는 아이였지만 더 말이 없어졌다. 그리고 어린아이답지 않게 아주 슬픈 얼굴로 변해버렸다. 쉬는 시간엔 언제나 자기 자리에 앉아 그림만 그렸다. 아이들이 너무 잘 그렸다고 환호해도 아무 반응이 없었다. 얼굴도 들지 않고 고개 숙인 채 그저 그리기만 했다. 나는 성훈이가 너무 불쌍해 눈물이 날 것만 같았다. 생각해보면 나도 성훈이와 처지가 크게 다르지 않았다. 아니, 다시 생각해보니 그래도 나는 성훈이보다는 나았다. 성훈이는 아버지도 죽고 엄마도 도망갔다. 나는 부모님이 비록 이혼한 상태였지만 아버지가 살아있고 엄마도 도망가지 않았다. 다만 엄마의 직장 때문에 이곳에 맡겨졌을 뿐이었다. 또다시 생각해보니 어쩌면 성훈이가 나보다 더 나을지 몰랐다. 그 아이의 아버지는 죽긴 했지만 성훈이와 엄마를 버리지는 않았다. 내 아버지는 다른 여자와 살고 싶어서 엄마와 나를 배신했다. 생각에 생각을 거듭하다보니 누가 더 불쌍하고 덜 불쌍한지 알 수가 없었다. 아니, 머리 아프게 자꾸 생각해볼 것도 없었다. 우리는 쌤쌤이었다.

어느 날, 성훈이가 아무 연락도 없이 학교에 오지 않았다. 선생님이 성훈이 할머니께 전화를 했는데 아침에 학교에 갔다고 했다는 것이었다. 학교는 발칵 뒤집혔다. 성훈이 할머니가 일하면서 입던 몸빼 바람으로 헐레벌떡 학교로 달려왔다. 감색 제복을 입은 경찰 아저씨들이 빙글빙글 돌아가는 빨갛고 파란 불빛을 경찰차 지붕 위에 달고 운동장으로 들어왔다. 선생님들이 거리로, 공터로, 바닷가로 나가 성훈이를 찾았으나 그 아이는 발견되지 않았다. 감쪽같이 사라진 것이었다. 성훈이 할머니는 몇 날 며칠이나 식음을 전폐하고 방바닥에 널브러져 있었다. 나는 저러다가 성훈이 할머니도 곧 죽을지 모른다고 생각했다. 며칠 지나지 않아 경찰에서는 성훈이 실종 사건의 전모를 밝혀냈다. 성훈이는 그 아이의 엄마가 몰래 데려간 것이었다. 우리는 모르고 있었지만 성훈이 아버지가 죽은 뒤 성훈이 엄마가 그 아이를 데려가겠다고 몇 번이나 찾아왔었다고 했다. 그때마다 성훈이 할머니는 절대 불가를 외치며 성훈이 엄마를 내쳤고, 그때마다 성훈이 엄마는 울면서 돌아갔다는데 결국 그런 일이 일어난 것이었다. 법은 성훈이 엄마의 손을 들어줬다. 할머니보다는 엄마가 아이에 대한 양육권이 우선이라는 것이다. 성훈이 할머니는 일 년도 안 되는 짧은 시간 동안 며느리도 잃고, 아들도 잃고, 금쪽같이 사랑하던 손자도 잃었다. 나는 그렇게 도둑맞듯 손자를 뺏겨버린 성훈이 할머니가 불쌍했다. 단 한마디 인사도 나누지 못하고 친구와 헤어진 나도 불쌍했다. 내가 외할머니 집에서 자랄 때의 슬픈 추억들이었다.

"그런데 성훈이 할머니는 저 할아버지를 어떻게 알게 됐어? 애골하고 우리 동네는 엄청 멀잖아."

나는 다시 할머니께 물었다. 이제 할머니는 나에게 모든 얘기를 해주기로 작정한 것 같았다. 오랜만에 외갓집에 온 내가 키도 많이 자라고 어른스러워졌다 하시더니 뭔가 인정하시는 것 같았다. 드디어 할머니는 내게 두 사람의 연애 이야기를 풀어놓기 시작했다.

성훈이 할머니는 가족들이 모두 그녀를 떠난 그해에 우울증을 심하게 앓았다고 했다. 이웃들의 말에 따르면, 할머니는 그즈음 너무 힘들어 죽고 싶다는 말을 자주 했다고 한다. 할머니는, 그녀를 유심히 살펴보던 한 이웃의 도움으로 시청에서 진행하는 노인 정신건강 프로그램에 참여하게 됐다. 그 프로그램을 따르면서 상태가 많이 좋아졌는데, 거기서 애골의 그 할아버지를 만난 것이었다. 할아버지는 10년 전에 지병으로 할머니를 먼저 보내고 꽤 오랜 시간을 혼자 외롭게 사셨다. 하지만 그즈음에는 서울에 살던 큰아들이 정년퇴직하고 고향집으로 내려와 아들 내외와 함께 살고 있었다. 할아버지는 성훈이 할머니보다 나이가 열 살 정도 더 많았지만, 함께 사는 가족이 있었고 경제적으로도 여유가 있었기에 성훈이 할머니보다는 여러 가지로 사정이 나았다. 할아버지가 워낙 따뜻하고 다정스런 성품이었기에 외로운 성훈이 할머니는 점점 할아버지에게 마음이 스며들었다. 젊어서 남편을 잃고, 아들 하나만을 보고 살아왔지만 그 아들이 동네에서 모두 다 아는 그런 술주정뱅이로 살다 죽었으니 할머니의 인생에서 행복한 시간은 언제 있었을 것인가? 온전한 여자로 사랑받았던 시간은 과연 한순간이라도 있었던 것인가?

두 사람의 마음이 진실한 사랑이었다는 것을 확인하게 된 계기는 아이러니하게도 큰아들 내외의 반대였다. 자신의 아버지가 어느 동네의 할머니와 가끔씩 만난다는 것을 알게 된 할아버지의 아들 내외가 두 사람의 만남을 제지하고 나선 것이었다. 어머니 돌아가시고 여직 10년씩이나 잘 지내시다가 이제 와 갑자기 여자를 만나다니 연세가 많으셔서 노망나신 것이 아니냐고. 절대로 안 될 일이라고. 돌아가신 어머니께 미안하고 동네 사람들에게 낯부끄럽지 않으시냐고.

하지만 할머니는, 큰아들 내외가 입으로는 그렇게 말하지만 속셈은 다른 데 있었을 것이라고 말했다. 애골이 우리 동네와는 많이 떨어져 있다고 해도 이 좁은 주문진에서 성훈이 할머니에 대해 알아보려면 얼마든지 알아볼 수 있을 터였다. 술주정뱅이로 지내다 끝내 술병으로 죽어버린 아들, 아들이 죽기도 전에 그 술주정을 견디지 못하고 도망가버린 며느리, 그 며느리가 몰래 훔쳐간 손자. 이런저런 궁상맞기 그지없는 사연으로 가득한 인생의 성훈이 할머니와 자신들의 아버지가 엮이는 것이 그들은 죽어도 싫었을 것이라고 했다. 애골에서는 꽤 된다는 할아버지의 땅과 재산도

무시하지 못할 이유일 거라고 했다. 잘못했다가는 할아버지 돌아가시고 나서 그 재산을 성훈이 할머니에게 나눠주게 될 판이 아닌가? 재산 이야기를 할 때의 할머니 얼굴은 확신에 차 있었다.

"할머니, 젊은 사람들의 사랑만 부모의 반대에 부딪히는 것이 아닌가봐. 나이 많은 할아버지, 할머니들의 사랑도 자식들 반대에 부딪히네?"

나는 이해할 것 같기도, 못할 것 같기도 하여 고개를 갸웃거리며 중얼거렸다.

"그런데 저 할아버지도 보통은 아니어서 그냥 가만히 있지는 않았잖니? 그렇게 아들 내외랑 크게 부딪치고 나서는 아예 짐을 싸서 성훈이 할머니 집으로 들어와버렸지."

"뭐? 그럼 성훈이네 집에서 두 사람이 같이 살았다는 말이야?"

"그래. 그 집에서 한 육 개월은 같이 살았을 거다."

"어머, 저 할아버지 대단하시네. 그래서?"

"여기 와서 살 때 아주 재미있게 잘 살았지. 할아버지 성격이 엽렵해서 거기 마당에다 꽃밭도 가꾸고 살더라."

"엽렵이 뭔데?"

"그런 말이 있느니라. 다정하고, 따뜻하고, 곰살맞고, 그렇다는 뜻이지."

고집불통에, 작은 일에도 불같이 화를 내시던 우리 할아버지가 생각났다. 어쩌면 할머니는 우리 할아버지의 성격과 정반대였던 애골 할아버지의 다정한 성품에 반했을지도 몰랐다. 두 사람의 사랑을 옆에서 지켜보며 당신의 삶에는 존재하지 않았던 그 부드럽고 달콤한 사랑을 간접 체험하고 있는지도 모른다는 생각이 들었다. 할머니는 계속 이야기를 이어갔다.

"성훈이네 집 마당에서 꽃을 본 것은 내 생전 처음이잖냐."

내가 기억하는 성훈이네 집 마당은 메마름, 그 자체였다. 그 집이 동네 사람들이 바닷가로 빨리 나가려고 다니던, 그래서 저절로 생긴 좁은 샛길 한 귀퉁이에 허름하게 지어진 데다가, 그 삶이 무엇을 가꾸고 다듬고 할 여유가 없어서 그랬는지 마당은 아무것도 없이 회색 시멘트 바닥뿐이었다. 그것마저도 제대로 돌보지 않아 여기저기 금이 가 있었고, 갈라진 틈 사이로 올라와 이리저리 밟히면서도 그저 생명을 유지하던 끈질긴 잡초들만이 그 집에서 보이는 풀들의 전부였었다. 그런데 그런 마당에 꽃밭을 만들다니 할머니에게는 그것도 굉장히 인상적이었던 모양이었다. 나는 꽃밭 때문에 또 샛길로 빠져버린 이야기의 흐름을 잇기 위해 다시 물었다.

"그런데 할아버지가 왜 성훈이 할머니와 헤어지게 되었냐고?"

"그래 재미있게 살았는데 하루는 그 할아버지가 아파서 드러눕게 됐잖니. 큰아들 내외가 병원에 모셔 가느라 여기를 떠났는데 퇴원하고 나서도 이젠 성훈이네 집엘 당최 못 가게 하는 거지 뭐."

"오, 그렇게 됐구나."

"작은아들이 서울에서 어디 높은 자리에 있는 모양이더라고. 아버지를 그렇게 내버려뒀다고 그때 와서 큰아들 내외한테 아주 난리를 피웠다는구나. 그러니 할아버지가 우터 더 고집을 부리겠나?"

"그러면 지금은 어떻게 할아버지가 여기를 오시는 거야?"

"그러니 자식들 몰래 오는 거지. 며칠에 한 번씩, 해 뜨기 전에 일찌거니 왔다가 아침 되면 또 저렇게 돌아가시잖나."

"아, 그래서 이렇게 일찍 여기를 오신 거구나."

"요새 날이 보통 덥나? 삼복더위인데 멀리서 저렇게 오시는 걸 보면 내가 가슴이 다 짠하다."

할머니는 들고 있던 부채를 당신의 가슴팍에 대고 흔들었다. 나는 몸을 돌려 우리가 걸어오던 길을 되돌아봤다. 할아버지는 지팡이를 끌어안다시피 한 아까 그 자세 그대로 아직도 앉아 있었다. 무엇을 바라보고 계신지 먼 곳을 향하고 있는 그 눈길은 하염없었다. 어쩌면 이 사랑은 할아버지 인생의 마지막 사랑일지도 모른다는 생각이 들었다. 문득 성훈이가 생각이 났다. 지금 그 아이는 어디에서 살고 있을까? 아직도 그렇게 그림 그리는 것을 좋아할까? 그렇게나 살뜰하게 자신을 사랑해주던 할머니를 성훈이가 잊지 않고 꼭 찾아왔으면 좋겠다는 생각이 들었다. 사실은 나도 그 아이가 많이 보고 싶었다.

복숭아나무 아래

삼우제를 지낸 후 친척들은 모두 집으로 돌아갔다. 하지만 수진과 작은언니는 큰언니 집을 떠날 수 없었다. 형부 때문이었다. 팔척장신의 건장했던 몸은 초라하게 쪼그라들었고 볕에 그을린 검은 얼굴은 깊은 주름이 가득했다. 형부는 애원하는 눈으로 그녀들에게 말했다.

"하룻밤만 더 자고 가. 언니 없는 이 집에 처제들이 언제 또 올 수 있겠나?"

맞는 말이다. 수진과 작은언니는 이제 이곳에 다시는 못 올지도 모른다. 그녀들은 하룻밤만 더 자고 가기로 힘들게 결정했다.

초저녁부터 시작한 술자리가 꽤 길게 이어졌다. 모두 큰언니와의 옛얘기들이다. 지금 남아 있는 것은 옛이야기, 내일 남아 있을 것도 옛이야기, 그들 세 사람에게는 이제 내일의 이야기란 없을지도 모른다. 한 잔, 두 잔 홀짝이던 술이 눈썹까지 차오르고 밤은 이슥해졌다. 소변을 보겠다며 밖으로 나간 형부가 다시 돌아오지 않았다. 남은 술을 계속 마시던 수진과 작은언니는 이제 등뻐를 곧추세우고 앉아 있기가 힘들 지경까지 이르렀다. 그녀들은 윗목에 놓인 이불을 끌어다가 펴는 둥 마는 둥 그 자리에 그대로 쓰러졌다.

얼마나 잤을까? 수진은 심한 갈증에 눈을 떴다. 얼핏 누군가 어깨를 어루만지는 느낌이었던 것도 같았다. 몇 시나 됐는지 짐작조차 할 수 없는 깊은 밤이다. 머리맡 장지문으로 희부윰한 달빛이 새어들고 있다. 옆에는 작은언니가 세상모르고 잠들어 있다. 수진은 방바닥에 그대로 누운 채 고개만 돌려 장지문을 올려다본다. 나뭇가지가 휘어지도록 만개한 꽃 그림자가 흰 창호지 문 위에서 한들거리고 있다. 어깨를 만진 범인은 바람에 흔들리는 꽃 그림자이지 싶다.

덮고 있던 차렵이불을 밀어내며 자리에서 일어나 앉는다. 앉은걸음으로 조금 이동해 장지문을 여니 차가운 밤기운에 실린 꽃향기가 향긋하게 밀려든다. 부엌으로 나와 냉장고 문을 연다. 안주인이 오랫동안 집을 비웠던지라 냉장고 안은 어수선하다. 물병을 찾아 그대로 벌컥벌컥 들이키자 그제야 타는 갈증이 조금 가라앉는 것 같다.

밖으로 나와 마루에 선 채 개화가 절정인 너른 복숭아밭을 바라본다. 50여 평 남짓의 마당 끝에서부터 시작되는 복숭아밭은 그 넓이를 가늠할 수 없을 정도로 멀리 펼쳐져 있다. 마루 아래 섬돌 위에는 새벽바람에 날려 온 복숭아꽃 이파리들이 어지럽게 널려 있다. 서편으로 기울기 시작하는 달빛을 반사해 꽃 이파리들은 하얗게 빛난다. 먼 산 어디선가 소쩍새가 끊임없이 운다. 꿈속에서 들리는 것처럼 아득한 소리다. 규칙적으로 들려오는 그 울음소리를 가만히 듣고 있으려니 아, 그것은 엄마의 넋두리 소리만 같다.

"그녀너 지즈바! 그녀너 지즈바!"

수진의 엄마는 큰딸 때문에 속상할 때면 꼭 그렇게 한탄했다. 아등바등 일에만 매달려 살던 큰딸 모습을 엄마는 참 보기 싫어했다. 하지만 이젠 그 모습을 다시 볼 수 없다. 큰언니는 엄마가 싫어하던, 그 악착스럽게 일하던 모습을 다 버리고 떠났다. 새벽바람에 날리는 저 복숭아 꽃잎들처럼 하얗게, 가볍게, 그리고 멀리 날아가버렸다.

수진의 큰언니는 어시장 입구, 수협 건물 옆 주차장 귀퉁이에 자리 잡고 앉아 관광객들이나 장 보러 오는 사람들에게 과일을 팔았다. 봄이 오면서부터 내내 과수원에서 일만 하던 그녀는 여름이 시작되면 복숭아를 따다 팔았다. 복숭아 철이 끝나고 가을이 되면 그때부터는 사과나 배를 따다 팔았다. 가을이 끝났다고 그녀의 과일 팔기가 다 끝난 것은 아니었다. 사과나 배를 저온창고에 저장해 두고 겨울 내내 내다 팔았다. 남으면 다음 해 봄까지도 팔았다.

과일들은 모두 그녀의 과수원에서 수확한 것들이었다. 그중에서도 특히 복숭아가 일품이었다. 굵기도 굵기지만 때깔이 시장의 다른 것들하고 달랐다. 연분홍빛이 사르르 도는 고운 살갗 위에 흰 솜털이 보송보송한 것이 한눈에 보아도 최상급이었다. 한입 베어 물면 그 즉시 달콤하고 향긋한 과즙이 주르르 흘러내릴 것 같았다. 가만히 앉아 팔아도 사람들의 눈길을 끌 만큼 때깔이 좋은데도 그녀는 절대 자리에 그대로 앉아 파는 법이 없었다. 관광차가 주차장에 들어오면 차 문이 열리기도 전에 먼저 차 옆에 붙어 섰다.

"복숭아 사세요. 과수원에서 금방 따 와서 싱싱하고 맛있는 복숭아예요."

그녀는 몸매가 가냘프고 이목구비가 오목조목 예쁜 얼굴이었다. 하지만 언제 봐도 모양내는 것과는 먼 차림이었다. 부스스한 머릿결, 화장품 한 번 찍어 바른 적 없는 것 같은 메마른 피부, 허리 위까지 올라오게 몸뻬를 추켜 입은 모습이 영락없이 가난과 고생에 찌든 촌부였다.

"그 집 큰딸은 입성을 왜 그렇게 하고 다니재? 없이 살면 없어서 그렇다고나 하지, 그 많은 땅에, 과수원에, 뭐가 부족해 그러고 다니는지."

동네 사람들은 어시장에 가면 항상 주차장 입구에서 과일을 팔고 있는 그녀를 봤고, 그 모습에 대해 한마디씩 하며 혀를 찼다.

"내 그녀너 지즈바 때문에 못 살겠다. 시장통에서 오는 사람 가는 다 붙잡고 과일을 사라고 한다니."

"농협 경매로 넘기면 값을 소매로 파는 것 반밖에 못 받는다잖아요."

엄마의 푸념에 수진은 큰언니 대신 변명을 했다.

"남들도 과수 농사지어 다 경매 넘기는데 왜 저만 그러냐? 그 작은 몸으로 과수원에서 농약통 둘러메고 약 치던 고생이 모자라서 시장통에서 또 그 지랄을 하나? 누구 좋은 일 시키려고 그래 고생하며 땅을 사들이는데? 내 속 터져서."

엄마가 그렇게 열을 내기 시작하면 끝내 당신의 화를 다스리지 못해 숨까지 몰아쉬었다. 그러면 수진은 얼른 부엌으로 달려가 냉수를 떠 왔다. 냉수 한 잔을 들이켜고 나서야 엄마의 가슴은 겨우 진정됐는데, 그때 엄마의 눈엔 눈물까지 그렁그렁 맺혀 있었다.

수진의 엄마에게 있어 큰언니는 그냥 딸이 아니었다. 엄마의 전 남편은 딸이 태어나기도 전에 병으로 죽었다. 유복녀로 낳은 딸을 홀로 키우던 엄마는 그 딸이 다섯 살 됐을 무렵 수진의 아버지와 재혼했다. 아버지는 당신의 늙은 어머니를 모시고 살던 상처한 홀아비였다. 곧바로 둘째 딸이 태어났고, 오랫동안 아이가 없다가 10년의 터울을 두고 막내딸인 수진이 태어났다.

대가 세고 이기적이었던 할머니는 자신의 핏줄이 아닌 수진의 큰언니를 예쁘게 보지 않았다. 어렸을 적부터 온갖 집안일을 시켰다. 그것 때문에 엄마는 여간 가슴앓이를 했던 게 아니었다. 엄마는 큰언니가 영리하고 부지런하다고 했으나 할머니는 영악하고 눈치만 빠르다고 했다. 큰언니는 할머니의 구박 속에 집에서는 책 한 번 펼쳐볼 시간 없이 일을 했지만 학교에서 항상 일등 자리를 놓치지 않았다. 머리가 비상한 것은 확실했다. 그러나 중학교를 졸업하고 더 이상의 상급 학교 진학은 하지 못했다. 할머니의 반대가 가장 큰 이유였다. 엄마 스스로도 넉넉지 못한 형편에 데리고 들어온 딸을 계속 공부시키자고 주장할 수 없었노라고 했다.

"아까운 것. 저 똑똑한 것을 어미가 돼서 더 이상 밀어주지 못하다니."

수진의 엄마는 가끔씩 큰딸을 보며 혀를 찼다. 읍내 중학교에서 가장 공부를 잘했다던 큰언니가 그렇게 상급 학교 진학을 포기했다는 얘기를 들을 때마다 수진은 가슴이 아팠다.

수진이 초등학교 5학년 때, 큰언니는 동네 아주머니의 중매로 윗동네 최 씨 집안의 큰아들과 결혼했다. 중매하는 아주머니는, 그 집안이 예전에는 동네에서 한가락 했었노라고 말했다. 형부는 몸집이 크고 이목구비가 큼직큼직 잘생긴 얼굴이었다. 그러나 말을 어눌하게 하는 데다 긴장하면 약간 더듬기까지 해 똑똑하고 예쁜 큰언니에게는 조금 기우는 듯싶었다. 하지만 그건 어린 수진만의 생각이었을 것이다. 형부는 그 시골 동네에서는 유일하게 강릉 시내까지 나가 고등학교를 졸업한 청년이었다. 예전의 영화가 다 시들었다고는 해도 사과밭 하나와 그만그만한 밭들이 남아 있어 남들이 보기에 형부는 중학교만 졸업한 큰언니에게 결코 뒤진다고 할 수 없었다.

큰언니는 결혼하고 5년이 다 되도록 아이를 낳지 못했다. 시골집안 장남에게 아이가 없다는 것은 결코 작은 일이 아니었다. 주변에서 쑥덕거림이 들려오고 집안에서도 조심스럽게 말이 나오기 시작했다. 큰형부가 밖으로 나돌기 시작한다는, 술을 많이 마신다는, 집에 들어오면 큰언니한테 손찌검도 한다는 소문이 그때부터 심심찮게 들려왔다. 어느 날, 수진의 가족은 큰언니네 동네에 사는 한 아주머니로부터 큰언니가 술 취한 형부에게 맞고 도망 나와 외양간 짚더미 속에서 밤을 새우고 들어갔다는 얘기를 전해 들었다. 수진의 엄마와 아버지는 말할 것도 없고, 고등학생이었던 수진의 분노까지 극에 달했다.

부모님이 큰언니 부부를 읍내 집으로 불러내려 자초지종을 물었을 때, 두 사람은 그런 일이 없다고 부인했다. 긴장하면 말을 더듬는 형부는 당황한 얼굴로 우물쭈물하며 큰언니를 쳐다봤다. 하지만 그녀는 이미 작심하고 온 듯 침착하게 그런 일은 절대 없노라 했다. 폭행 증거를 찾아 이혼시키는 것까지 생각했던 부모님은 두 사람의 부인에 할 말이 없었다. 이후에도 그런 일들이 가끔 벌어졌고, 또 가끔은 확인이 되었을 때조차도 큰언니는 완강하게 부인했다. 그렇게 시간이 흘러갔다. 수진은 작은언니에게 말했다.

"바보 같은 큰언니, 왜 이혼을 안 하고 그렇게 사는 거야? 화가 나서 미칠 것 같아."

"부부간의 일은 그 둘밖에는 모른다잖아. 큰언니는 이혼하고 싶지 않은 거야."

"왜?"

"그건 나도 잘 모르지만 자신만의 생각이 있겠지."

"폭행당하며 산다는 것이 작은언니는 용납돼?"

수진은 흥분해서 소리쳤다.

"큰언니 일은 큰언니에게 맡기자."

작은언니는 수진을 달랬다. 형부가 본바탕은 그렇게 나쁜 사람이 아니라고 했다. 은근히 고집 센 큰언니가 우직한 형부를 어떤 일로 자극했을 수도 있고, 오랫동안 아이가 없어 어른들에게 면목이 없는 그가 술기운에 욱했을지도 모른다고 했다.

같은 소문이 멈추지 않고 계속 들려오는데도 그 관계를 끝내지 않는 두 사람에게 수진은 분노했다. 언제부터인가 수진은 때리는 형부보다 맞는 큰언니를 더 미워하게 됐다. 자신에게 가해지는 폭력을 받아들이는 행위, 감싸는 행위, 용서하는 행위, 그런 것들이 수진을 미치도록 화나게 만들었다. 어떤 때는 엄마 앞에서 큰언니를 마구 비난했다. 그때마다 엄마는 먼 산을 쳐다보며 혼자 중얼거렸다.

"그녀너 지즈바, 그 천치 같은 지즈바……."

그러나 큰언니는 가족들의 분노와 슬픔 따위에는 꿈쩍도 하지 않았다. 그녀는 마치 한 마리의 우직한 소 같았다.

어느 날 아침, 수진이 학교 갈 준비를 하고 있는데 전화벨이 울렸다. 큰언니의 전화였다. 수진은 무슨 일인가 싶어 엄마 옆에 붙어 앉아 통화 내용을 들었다. 큰언니의 목소리가 전화기 밖으로 새어 나왔다. 누군가 갓난아기를 포대기에 싸 새벽에 대문 앞에 놓아두고 갔다는 내용이었다. 큰언니네 마을은 20여 호 되는 작은 동네라 저마다의 집안 사정을 손금 들여다보듯 알고 지내고 있었다. 마을 근동에 없던 아기가 그녀의 집 대문 앞에 놓여 있는 것은, 누군가가 그 집에 아이가 없다는 것을 알고 업둥이로 들여보냈다는 뜻이었다. 큰언니는 말로만 듣던 일이 막상 자기 앞에 벌어진 것에 대해 매우 흥분하는 것 같았다. 전화를 받는 동안 엄마의 표정은 점차 변해갔다. 처음에는 놀라움, 그다음은 다행함, 그다음은 감사함의 얼굴이었다.

"그래. 아기를 키울 수 없는 사정이 있는 누가 이런저런 다리를 건너 너희 집 사정을 알고 작정하고 들여보낸 것 같구나. 업둥이는 내치는 게 아니라니 정성 들여 키워야 하지 않겠나? 내 자식 삼아 잘 키워야지. 옛말에 업둥이 들어오면 복이 함께 들어온다는 얘기가 있다. 앞으로는 너희들에게 좋은 일만 생길 것 같은 생각이 든다."

큰언니 부부가 갓난아기를 포대기에 싸안고 수진의 집을 찾은 것은 그로부터 일주일 뒤였다. 가을걷이에 바쁜 사람들이 언제 준비했는지, 큰언니는 우유병이니 기저귀니 하는 아기용품들을 담은 가방을 메고, 형부는 잔잔한 꽃무늬 포대기에 아기를 싸안고 대문을 들어섰다. 안방으로 들어와 형부가 내려놓은 포대기를 펼치자 아기가 쌍꺼풀진 크고 검은 눈을 반짝이며 수진과 엄마를 쳐다봤다.

"아기가 눈 동그랗게 뜨고 쳐다보는 것 봐라. 이제 겨우 한 달 됐다는 게 야무지기도 하네. 어러러러 깍꿍!"

엄마는 큰언니 품으로 들어온 아기를 환한 얼굴로 어르기 시작했다.

"이름은 뭐로 지었나?"

"최 서방하고 같이 지었는데 이슬이로 하기로 했어요. 아침 이슬처럼 우리 집으로 왔다고요. 최이슬. 예쁘지요?"

"그래. 아기 얼굴이 이슬처럼 작고 예뻐서 잘 어울리는구나."

큰언니의 얼굴에는 전에 없이 윤기가 흘렀다. 형부의 얼굴에도 뿌듯함이 넘쳐났다. 그날, 두 사람은 한없이 행복해 보였다.

집안에서 물려받은 사과밭으로 생활을 꾸려가던 큰언니가 미친 듯한 기세로 땅을 사들이기 시작한 것은 십 년 전부터였다. 옆집에 살던 아주머니가 서울 아들네로 간다며 싸게 내놓은 집과 밭을 사들인 것이 시작이었다고 하지만 어쩌면 이유는 따로 있을지도 몰랐다. 그 일 년 전쯤, 큰언니가 애지중지, 호호 불며 키우던 이슬이가 가출한 것이었다.

그때 그 아이는 고등학교 2학년이었다. 아기 때는 순하고 예쁘더니 자라면서 점점 이상하게 변해갔다. 작은 시골 분교를 다니는 아이답지 않게 순수한 구석이란 요만큼도 없었다. 잘못 자란 도시 아이들처럼 행동이 되바라졌다. 동네 아이들과도 거칠게 싸우고, 어른들에게는 말대답을 따박따박했다. 가만 보면 이만저만 버릇이 없는 것이 아니었다.

"엄마, 이슬이 말예요. 애가 너무 막 자라는 것 같지 않아요? 크면서 어째 점점 안 좋게 변하는 것 같아요."

언젠가 수진이 지나는 말로 얘기했다. 하지만 엄마는 눈을 동그랗게 뜨면서 손사래를 쳤다.

"아이고, 니 언니 듣는데 절대 그런 말 하지 마라. 그잖아도 그 동네에서 이슬이에 대해 나쁘게 얘기했다가 싸움 난 사람이 한둘이 아니다. 니 언니가 다른 거는 경우가 똑 부러지는 기, 어째 이슬이 일이라면 분간이 없다. 그 아이 하는 짓은 뭐든지 다 예쁘고, 해달라는 거는 다 해주며 설설 긴다. 세상천지 그 아 우에 사람 없이 키우니 아가 지대로 될 리가 있나? 아를 우터두 그래 드릅게 키우는지."

이슬이는 중학교에 들어가면서부터 나쁜 친구들과 어울려 다니며 문제를 일으켰다. 그리고 고등학교에 들어가서는 집을 들랑날

랑하다가 아예 짐을 싸서 가출해버렸다. 이슬이가 남겨놓은 한 장의 편지에는 이렇게 쓰여 있었다고 했다.

「엄마 아빠가 제 친부모가 아니라는 거, 동네 사람들도 저에 대해 다 알고 있다는 거, 저 알고 있었거든요. 그래도 웬만하면 그냥 참고 살려고 했거든요. 근데 이젠 도저히 견딜 수가 없거든요.」

어쩌면 큰언니는 그렇게 사랑을 주었건만 결국 자신을 떠난 이슬이의 자리를 채우느라 그토록 땅에 집착한 것인지도 몰랐다. 가지고 있던 돈이 모자라자 농협에서 융자를 얻어 땅을 사고 그 땅에 있던 오래된 집을 헐어 집과 밭을 자신의 집과 하나의 땅으로 이었다. 그곳에 새로 복숭아나무를 심었다. 몇 년이 지나자 복숭아밭에서 난 수익금으로 융자금을 갚아 나가면서 그 땅을 담보로 또 융자를 얻었다. 그 돈으로 주변의 땅들을 다시 사나가기 시작했다. 새로 사들인 모든 땅에는 복숭아나무를 계속 심어갔다.

해마다 땅이 늘어났고, 복숭아나무들이 늘어났고 융자금이 늘어났다. 봄이면 큰언니가 사들여 일군 밭마다 흰색, 분홍색의 복숭아꽃들이 환하게 피어났다. 맑은 햇살을 받으며 흐드러지게 핀 꽃무리는 눈이 부시게 아름다웠다. 그러나 큰언니는 매달 갚아야 할 융자금 상환과 이자 납부에 점점 힘이 들어갔다. 그렇게 열심히 일하고 벌어도 상환금을 맞추기에는 매번 돈이 모자랐다. 결국 큰언니는 거둬들인 과일들을 농협 경매에 넘기지 않고 매일매일 시장에 나가 직접 소매를 했다. 시장통 수협 건물 옆, 시에서 운영하는 주차장 입구에 자리 잡고 앉아 과일을 팔기 시작한 것이 바로 그때부터였다.

"아니, 집에 큰딸은 지난번에도 또 밭을 샀다던데, 그래서 대천리에서 새로 큰 부자 났다고 모두 한마디씩 하는데 왜 그렇게 매일 시장바닥에 나앉아 고생을 하는지 모르겠네야?"

"집에 큰딸은 땅값이 올라서 그래 돈을 많이 벌었다는 기 어째 입성은 그래 해 가지고 다니우야?"

엄마는 이웃 사람들이 한마디씩 하는 소리를 들을 때면 속도 상하고 창피하기도 해서 곧 죽을 것처럼 큰언니를 욕했다.

"아니, 그녀너 지즈바가 정신이 우터 된 지즈바가 아니나? 한동안 온 동네 사람들이 다 알게 두들겨 맞고, 도망댕기고 해서 내 속을 뒤집어놓더니만 이제 살 만한데 뭐가 모자라서 그래나? 그 땅 산 거 융자금이며 이자를 갚는다고 그 지랄을 한다는 기, 지가 땅을 물려줄 자식이 있나? 뭐가 있나? 아니, 왜 그런 짓을 하며 그래 사느냔 말이다."

엄마가 그렇게 길길이 뛰며 화를 내면, 수진은 엄마의 손을 꼭 잡고 다독거리며 화를 가라앉혀주었다. 형부와 함께 과수원 일을 한다지만, 그는 장대 같은 체격에 처음부터 농사일에 이력이 붙은 남자였다. 하지만 큰언니는 키도 작고 몸도 여렸다. 하루 종일 복숭아밭에 매달려 거친 고생을 하는 것만으로도 엄마는 속이 상했다. 그런데 동네 사람들한테 그런 얘기까지 듣게 되니 화가 나지 않을 수가 없었다. 어렸을 때 할머니 눈치를 보며 키운 것, 남들 다 보내는 상급 학교에 보내지 못한 것, 모두 엄마의 가슴엔 한으로 남아 있었다. 그래서 큰언니가 조금이라도 편안하게 살기 바랐던 것이 엄마의 마음이었다. 그런 마음을 잘 알기에 수진은 자신이라도 나서 큰언니를 향해 욕을 퍼붓는 엄마의 마음을 다독거려야 했다. 그것이 진짜 욕이 아님을 잘 알고 있기에…….

큰언니가 그녀들에겐 이름도 생소하고 아직은 그 원인도 알 수 없다는 '뇌압'이라는 병으로 쓰러져 서울 병원으로 올라온 것은 이십여 일 전이었다. 병원에서는 다시 일어나는 것은 불가능할 것 같다고 하면서도 마지막까지 최선을 다해보겠노라고 했다.

수진과 작은언니는 매일 병실을 지켰다. 큰언니가 병원으로 온 지 일주일 되던 날, 형부에게 병실을 맡기고 그녀들은 잠시 바람을 쐬러 밖으로 나갔다. 병원 뜰 가장자리로 줄지어 피어난 노란 개나리 꽃잎을 하나씩 뜯어내어 또 그렇게 하나씩 꽃밭으로 던지며 멍하게 걷던 작은언니가 걸음을 멈췄다. 그리고 수진을 돌아보며 말했다.

"나는 언니가 왜 그렇게 땅과 복숭아나무에 집착했는지 알 것도 같아."

"이슬이 때문에?"

수진도 걸음을 멈추고 물었다.

"아니. 걔 말고도."

"이슬이 아니면 도대체 왜? 엄마 말마따나 무슨 천 년, 만 년 살겠다고 그렇게 땅을 사 모으는지."

"너는 어려서 잘 몰랐겠지만, 언니한테는 좋아하던 사람이 있었단다."

"언제?"

"지금 형부랑 결혼하기 전에."

수진이 놀랍다는 듯이 쳐다보자, 작은언니는 길옆에 있는 벤치로 발걸음을 옮겼다.

"여기 조금 앉았다 가자꾸나. 그동안 아무에게도 이 이야기해본 적이 없어. 엄마에게도 그렇고, 너는 더구나 그때 너무 어렸고."

작은언니는 벤치에 앉더니 큰언니의 오래전 이야기를 조곤조곤 말하기 시작했다.

큰언니의 첫 남자는 고향 지역에 위치한 부대의 군인이었다고 했다. 처음엔 친구들과 함께 어울렸지만 곧 두 사람은 서로 좋아하게 됐다. 하지만 그는 제대하고 자기 고향으로 돌아가자 그만 연락을 끊어버렸다. 작은언니는 간호대학을 막 졸업하고 실습하느라 병원에 들어가 있을 때여서 집에는 한 달에 한 번쯤이나 올 때였다.

어느 날 작은언니가 집에 오니 엄마가 대문으로 들어서는 그녀를 잡아끌고 다짜고짜 골방으로 들어갔다고 했다.

"야야. 니 언니가 두 주 전에 집을 나간 기 안즉도 안 들어오고 있잖나. 할머니한테는 양양 이모 집에 갔다고 속이고 있는데, 만약 이를 알게 되믄 난리가 나는데 우뜨하믄 좋나야?"

엄마의 얼굴은 공포로 파랗게 질려 있었다고 했다. 작은언니는 엄마에게 큰언니가 갈 만한 곳, 어디 짐작되는 곳은 없냐고 물었다.

"그기, 처음에는 언니 친구들도 쉬쉬하더니 며칠 전에 내가 정자를 불러내서 살살 꼬였더니 뭔 주소 적은 쪽지를 하나 내한테 주기는 하더라. 여기 한 번 봐라."

엄마가 전해주는 쪽지를 들여다보니 누런 갱지에 〈전라남도 고흥군 OO면〉, 이렇게 그 남자의 주소가 쓰여 있었다고 했다.

작은언니는 그 쪽지 한 장을 달랑 들고 남자 집을 찾아 나섰다. 그때는 강릉에서 그곳에 직접 가는 버스가 없었다. 서울 마장동 시외버스 터미널까지 여덟 시간이나 직행버스를 타고 가서 그곳에서 하룻밤 자고 다음 날 다시 전라도 고흥으로 갔다. 물어물어 찾아간 그곳은 버스터미널이 있는 신작로 끝에서부터 마을 입구까지 황토 먼지만 폴폴 날리는 시골이었다.

길고 긴 황톳길을 걸어 마을 끝에 있는 그 집에 다다랐다. 안쪽으로 드넓게 펼쳐진 과수원이 있었는데 때마침 피어난 흰색과 분홍색 복숭아꽃이 온 땅과 하늘을 덮을 정도로 어우러져 향긋한 향기를 뿜어내고 있었다. 작은언니는 만개한 그 복숭아꽃들과 향기에 정신없이 취했다고 했다. 하지만 곧 정신을 차리고 그 집 들어가는 돌계단으로 올라섰다. 그때 갑자기 방문이 덜컥 열리더니 큰언니가 그곳에서 울며 뛰쳐나왔다. 그리고 두 사람은 눈이 마주쳤다.

작은언니보다 더 놀란 것은 큰언니였다. 원래도 큰 눈이 더욱 커지며 그녀는 그 자리에 멈춰 섰다. 그리고 작은언니는 큰언니의 뺨 위로 난 시뻘건 손자국을 보고야 말았다. 작은언니는 가슴 속에서 무언가 불쑥 치밀어 올랐다. 다짜고짜 큰언니의 손을 잡아끌고 방금 뛰쳐나온 그 방문을 열어젖혔다.

"아, 너무 오래되어 이젠 내가 그때 무슨 말을 어떻게 했는지도 가물가물하다."

작은언니는 잠시 하던 말을 멈추고 고층 건물들이 그려놓은 먼 스카이라인에 시선을 주었다. 희뿌연 도시의 하늘에서도 봄 햇살은 곱고 따스하게 내리치고 있었다.

"어쨌든 언니의 그런 모습을 본 다음이라 나는 너무 흥분했어. 그 사람에게 소리를 지르며 덤벼들었지. 그 사람이 말하기를, 둘은 헤어지기로 자신이 제대하기 전에 이미 합의했었다는 거야. 그러면 언니가 왜 이곳에 와 있냐니까 제멋대로 왔다는 거지. 그 말을 들으니 더 분해서 참을 수 있어야지. 그 자리에서 내가 언니 대신 그 사람 뺨을 있는 대로 올려붙였어."

초점 없이 먼 곳을 응시하며 말하던 작은언니의 얼굴은 그때의 분노를 떠올리듯 발갛게 상기됐다.

"방안에 있는 언니 옷들을 마구 끌어내 가방에 담았어. 그리고 언니 손목을 잡아끌고 그 집을 나왔지. 언니는 안 끌려 오려 했지만 덩치 크고 힘 좋은 나를 이기지 못했어. 우리는 걷고 걸어서 해가 기울 때 즈음에야 읍내 버스터미널에 도착했어. 하지만 서울 가는 버스는 이미 다 끊겨버려 근처에 있는 아무 여인숙에 들어가서 하룻밤을 묵었어."

그날 밤 큰언니는 밤새도록 하혈하며 울었다고 했다. 밤새 간호해서 겨우 몸을 추슬러 다음 날 집으로 데려왔고, 일 년 정도 있다가 이웃 아주머니의 중매로 지금의 형부와 결혼하게 됐다고 했다.

"언니가 아기를 못 낳은 것 말이야. 나는 그때 그 일 때문이 아닌가 싶어. 형부가 오랫동안 아이가 없이 살다가 방황하며 언니에게 손을 대고 할 때, 내가 둘 사이에 절대로 끼어들지 않았던 것도 내 마음속에 깊이 남아 있는 그날의 일 때문이야. 어쩌면 형부를 속인 것에 대한 미안함도 있고."

작은언니가 그곳에 찾아가지 않고, 거기서 그리 분개해 큰언니를 끌고 나오지 않았다면, 그랬다면 큰언니는 그곳에서 아기를 낳고 그 사람과 행복하게 살았을까? 수진은 스스로에게 물어보았다. 하지만 답은 명징하게 떠오르지 않았다. 어쩌면 그 아이로 인해 큰언니는 그곳에서 인생을 저당 잡히고 지금보다 더 불행해졌을지도 모른다는 생각이 들었다.

"인간들은 살아가는 과정에서 부득이하게 서로에게 상처를 주고받는단다. 서로를 용서하기도, 또 서로에게 용서받기도 하며 그 과정에서 서서히 상처를 치유해나가지. 하지만 어떠한 이유로든 그

기회를 놓쳐버린 이들은 잠재의식 속에서라도 그 상처를 핥으려고 한단다. 그러나 깊은 상처를 가진 사람들의 내면은 어둡고 축축할 경우가 많아 핥으면 핥을수록 그 상처는 점점 더 덧나게 되지. 저 가련한 우리 언니처럼 말이야."

작은언니는 고개를 숙이고 굵은 눈물을 떨어뜨렸다. 수진은 한 손으로 작은 언니의 손을 꼭 잡고 다른 한 손으로는 그녀의 등을 다독거렸다.

큰언니가 중환자실로 들어간 지 열흘이 되자, 병원에서는 더 이상 소생이 불가능하다며 마지막 얼굴이라도 볼 사람은 볼 수 있게 해주라고 통보했다. 엄마는 팔순 노구를 이끌고 고속버스에 몸을 실었고, 강릉에 살면서 가깝게 지내던 친구들도 몇 명 올라와 큰언니와 마지막 인사를 나눴다. 산소 호흡기에 의지해 가는 숨을 쉬고 있는 큰언니는 사람들이 그렇게 자신을 보러 왔어도 눈을 뜨지는 못했다. 하지만 투박하고 거친 그 손만은 따스했다. 큰언니의 오랜 친구였던 정자 언니가 언니 손을 놓고 병실을 나오자마자 수진에게 말했다.

"이슬이는 아직 아무 연락이 없는 거니?"

"네."

"제 엄마, 이렇게 오늘 낼 하는 걸 알면 걔가 이럴 수는 없는 건데."

"알고야 오지 않겠어요? 저도 모르고 있는 것이겠지요."

"이슬이 집 나간 지 벌써 십 년은 다 됐지?"

"거의 그렇게 됐지요."

"너희 언니가 개를 얼마나 애지중지 키웠는데. 참 세상에 다시없는 아이처럼 키웠다. 개 때문에 가슴 속은 아마 시꺼멓게 썩어 문드러졌을 거다."

큰 언니의 길지 않은 삶 속에 수많았던 상처들, 그중에서도 가장 큰 상처는 아마 이슬이가 주고 간 것이 아닌가 수진은 생각했다. 그 아이는 오랫동안 아팠다가 서서히 아물어가는 큰언니의 상처들을 비수로 찔러 다시 덧나게 했기 때문이다. 언젠가는 그 아이도 이 세상 살아가다 험한 바람에 날리고 찢길 때가 있을지도 모른다. 그때 그 아이는 한없이 따뜻한 마음으로 자신을 품어준 엄마를 그리워하게 될까? 그러나 세상 모든 것은 다 때가 있는 법인 것을, 뒤늦게 찾아온다 한들 그것이 무슨 소용일까? 가슴이 몹시도 답답해져 수진은 긴 한숨을 토해내고야 말았다.

서울 병원으로 올라온 지 딱 이 주일 후, 걷잡을 수 없는 뇌의 압력으로 더 이상 견디지 못하고 큰언니는 이 세상의 마지막 숨을 놓았다. 행여나 하는 마음에 그때까지 고향집으로 내려가지 못하고 수진의 집에 머물고 있던 엄마는 마룻바닥에 주저앉아 통곡했다.

"아이고, 그녀너 지즈바. 그녀너 지즈바. 머이 천 년, 만 년 살기라고 그 고생을 하며 한평생 살았을까? 그게 머리가 그렇게 아픈 병이라던데 그래 오랫동안 아팠으면 누구에게든 아프다는 소리를 했어야지, 지 혼자 입 꾹 다물고 그래 버티니 그 아픔을 누가 알아? 누가 알아서 그걸 어루만져줄 수가 있느냐 말이야. 아이고, 이녀너 지즈바야. 평생 이 에미 가슴에 한만 남겨주고 간 이 나쁜녀너 지즈바야."

슬픔에 까꾸러지는 엄마를 일으켜 세우며 수진은 불현듯 지난번 병원에서 형부에게 들었던 말이 떠올랐다.

"언니는 아마도 자신이 멀지 않은 날에 이렇게 될 것을 알고 있었던 것 같아. 가끔씩 유언처럼, 또 농담처럼 그렇게 말하곤 했어. 혹시라도 어느 날 갑자기 자기가 죽게 된다면 산에다 묻지 말고 집 앞 복숭아나무 아래 묻어달라고. 죽어서 그 그늘 아래 쉬게 된다면 더 이상의 원도 한도 없을 거라고."

아득히 들려오던 소쩍새 소리도 그친 지 이미 오래다. 지금이 몇 시쯤인지 수진은 도저히 짐작할 수가 없다. 서편으로 기울어지는 달빛이 희미해 다만 새벽이 다가오고 있다고 느낄 뿐이다. 불어오는 서늘한 바람에 주인 잃은 복숭아꽃 향기만 무심히 흩날린다.

등대 그늘

고속버스는 그르렁대는 소리를 내며 J읍 터미널로 들어섰다. 창밖은 짙은 어둠으로 가득 차 시간을 가늠할 수 없었다. 정윤은 주머니 속에 있던 핸드폰을 꺼내 화면을 열었다. 하얀 숫자는 오후 10시 30분을 표시하고 있었다. 안전벨트를 풀고 자리에서 일어나 선반 위에 올려두었던 가방을 끌어내렸다. 버스에서 내려 읍내를 관통하는 2차선 도로를 따라 터벅터벅 걸었다. 깊지 않은 시간이었지만 가로등 불빛이 희부옇게 떨어지는 도로와 건물들은 모두 잠들어 있었다. 새벽에 하루를 여는 어항 J읍은 밤도 그만큼 일찍 닫는다는 사실에 생각이 미쳤다. 어린 시절부터 잘 알고 있던 것이었는데 오랫동안 이곳을 떠나 사는 동안 잊고 있었다.

10분쯤 걸어 내려가니 그녀가 자랐던 마을로 들어가는 샛길이 보였다. 오른쪽으로 꺾어 조금만 더 걸어 들어가면 그 길 중앙에 엄마 집이 있었다. 가까이 다가갈수록 그녀의 마음은 긴장되는 것 같았다. 잠시 그 길에 멈추어 서 흡! 하며 밤공기를 들이마셨다. 짭짤하고, 비릿하고, 차가운 공기가 폐부 깊숙이 차올랐다. 큰길 신작로를 걸을 때는 느끼지 못했던 맛과 냄새가 묻어 있었다. 마음이 조금 안정되는 것도 같았다. 옹기종기 얽혀서 웅크리고 잠든 오래된 집들, 그 낮은 지붕들 위로 파도 소리를 앞세우며 바다가 넘어오고 있었다.

엄마 집 문 앞에 다다랐다. 낮에는 모두 대문을 열어놓고 사는 동네이니 딱히 초인종이 없었다. 손으로 문을 두드려 엄마를 깨워야 하는데 그 소리에 잠든 이웃들이 깨진 않을까 걱정됐다. 전화를 할까? 잠시 머뭇거리는데 그녀가 걸어왔던 골목길 저쪽에서 누군가 걸어오는 기척이 느껴졌다. 신경을 곤두세우고 살폈으나 캄캄한 어둠이라 아무것도 보이지 않았다. 하지만 누군가 이쪽으로 걸어오고 있는 것만은 분명했다. 어쩐지 무서운 생각이 들었다. 그 생각은 마음을 급하게 해 앞에 있는 나무 대문을 마구 두드리게 만들었다. 쾅쾅쾅.

"엄마, 저 정윤이에요. 문 좀 열어주세요."

그러나 엄마는 잠이 깊이 들었는지 아무 기척이 없었다. 어느 집에서인가 개 짖는 소리가 들렸다. 어둠 속에서 천천히 걸어오던 그 사람은 정윤의 다급한 목소리와 동시에 발걸음을 빠른 템포로 바꿨다. 한쪽 발을 끌면서 뛰는 것 같은 불규칙적인 소리가 이쪽을 향해 빠르게 달려오고 있음이 느껴졌다. 정윤은 더욱 세차게 문을 두드렸다. 쾅쾅쾅.

"엄마! 저 정윤이에요. 문 좀 열어주세요."

그제야 담 너머 안방 창이 불빛으로 환해지며 잠에서 겨우 깨어난 것 같은 엄마의 목소리가 들려왔다.

"거 뉘기요?"

"저 정윤이에요. 빨리 문 좀 열어요!"

현관 등이 흐릿하게 켜지면서 삐걱, 소리와 함께 문이 열렸다. 늙고 조그만 엄마의 실루엣이 슬리퍼 끄는 소리를 내며 천천히 마당으로 걸어 나왔다. 빨리, 빨리요. 정윤은 침을 꿀꺽 삼키면서 자신도 모르게 나무 대문의 쇠 문고리를 두 손으로 움켜쥐었다.

어둠 속에서 불규칙한 걸음으로 급하게 뛰어오던 그 사람은 정윤과 칠팔 미터 정도 거리가 좁혀지자 그제야 발걸음을 늦추고 다시 천천히 걸었다. 정윤은 숨을 죽인 채 대문에 더 바짝 붙어 섰다. 그때, 깊은 동굴을 울리는 것 같은 낮은 음성이 아무것도 보이지 않는 어둠 속에서 그녀를 향해 천천히 울렸다.

"정윤이구나, 많이 늦어서 왔네."

"현, 현수 오빠?"

신기한 일이었다. 그렇게 오랜 시간이 지났는데도 정윤은 그의 목소리를 단박에 알아들을 수 있었다. 그의 음성은 마치 오랜 시간 그녀의 곁에 머물던 소리 같았다.

"그래. 정말 오랜만이구나."

"휴우, 놀랐잖아."

정윤은 가슴을 쓸어내리며 말했다. 등줄기에 식은땀이 축축이 배인 것이 그제야 느껴졌다.

"놀래켜서 미안하다. 지나는 길이었는데 네 목소리가 들리잖아. 금방 집 안으로 들어가버릴 것 같아서 나도 모르게 뛰었어."

한 손을 가슴에 대고 숨을 몰아쉬고 있는 그의 실루엣이 겨우 어둠에 익숙해진 정윤의 눈에 들어왔다. 마지막으로 그를 본 것은 20년도 더 지난 까마득한 옛날이었다.

언제 돌아온 것일까? 지금 이곳에 살고 있는 것일까? 그에 대한 궁금함이 한꺼번에 고개를 들었다. 그러나 더 이상 뭘 물어볼 새도 없이 바로 나무 대문이 덜컹 열리고 엄마가 고개를 내밀었다. 엄마의 얼굴은 도깨비라도 본 것 같은 표정이었다.

"아니, 이 늦은 밤에 정윤이 니가 웬일이냐?"

"웬일은요. 엄마 보고 싶어 왔지요."

"바빠서 내려올 새가 없다면서? 장 서방이랑 애들은?"

"다 같이 한번 내려오려 했는데 다들 시간 내기 힘드네요. 할 수 없이 나 혼자라도 이렇게 왔어요."

"그랬구나. 어쨌든 잘 왔다."

엄마는 정윤의 손을 잡고 대문 안으로 끌어들였다. 어둠 속에서 아무 말 없이 가만히 서 있기만 하던 현수가 그제야 불쑥 끼어들었다.

"어머니, 안녕하세요?"

엄마는 예상치 못한 남자의 출현에 깜짝 놀랐다.

"댁은 뉘시우야?"

"저, 최 씨네 큰아들 현수입니다. 지나다가 우연히 정윤이를 보고……."

"현수? 아이고, 그렇구나. 그래, 하는 사업은 다 잘 되고?"

"네. 잘 되고 있습니다. 어머니도 건강하시지요?"

"나야 뭐 맨날 그렇지."

엄마는 친척이나 친구들이 찾아와 안부를 물으면 당신의 무릎과 다리가 많이 아프다는 것을 약장수 광고하듯 알리는 습관이 있었다. 그러나 현수에게는 그런 말하기가 적당치 않다고 생각했는지 그냥 대충 얼버무렸다.

"어머니. 그럼 안녕히 들어가세요. 저는 다음에 날 밝을 때 한번 찾아뵙겠습니다. 정윤이도 잘 들어가고."

"그래. 조심해서 가거래이."

현수는 엄마에게 인사를 하고 왔던 길로 다시 돌아 나갔다. 정윤은 어둠 속으로 사라지는 발소리가 좀 이상하다는 생각이 들었지만 더 이상 깊게 생각하지 않고 안방으로 들어왔다.

가방을 내려놓자마자 정윤은 엄마에게 물었다.

"현수 오빠. 지금 여기서 살아요?"

"그래, 여기 온 지 한 몇 년 됐다."

"여기서 무슨 일을 하고?"

"큰 공장을 지어놓고 수산물 가공 사업을 하는데 돈을 그렇게나 잘 번다더라. 걔가 이젠 아주 큰 사업가다."

큰 공장, 수산물 가공 사업, 돈을 잘 번다, 큰 사업가. 엄마의 설명을 듣자 갑자기 정윤은 머릿속에 작은 전구 하나가 반짝, 하고 켜지는 것 같았다. 어쩌면? 그러나 그녀는 곧 고개를 흔들었다. 씁쓸한 웃음이 나왔다.

"부산에서 배 탄다고 하지 않았어요? 전에 누구한테서 들었던 것 같은데."

다시는 이곳에 돌아오지 않겠다고 했다던 그가 어떻게 여기서 사업을 하고 있는지 그녀는 궁금했다.

"원양어선을 타다 사고가 나서 발목이 하나 잘려나갔다더라. 잘못된 배를 살리려 애쓰다가 일어난 사고라 보상금에다 위로금까지 엄청 큰돈을 받았다더라."

정윤은 엄마의 말에 깜짝 놀랐다.

"그럼, 현수 오빠 발이 없는 거예요? 아까 보니 잘 걷던 것 같던데요?"

"깜깜한 밤이라 니가 잘못 봐서 그래. 낮에 보면 살짝살짝 전다. 무슨 기능이 있는 비싸고 좋은 의족을 했다는데 아무리 그래도 그게 내 발만큼이야 하겠냐?"

어둠 속으로 걸어가던 그의 발소리가 조금 이상했다는 것에 생각이 미쳤다. 궁금한 것이 많았지만 더 이상 엄마에게 물을 수가 없었다. 정윤이 입을 닫고 생각에 잠겨 있자 엄마는 장롱을 열어 이부자리를 내리며 말했다.

"몇 밤이나 자고 갈 거냐?"

"몇 밤까지는 못 있어요. 하룻밤은 서운하니 이틀 밤 정도……."

"그럼 얘기는 낼 하고 오늘은 그만 자라. 먼 길 오느라 피곤하겠다."

"네. 엄마도 편히 주무세요."

정윤은 엄마 곁에 누워 눈을 감았다. 혼자서는 풀어내지 못할 커다란 문제를 안고 고통 속에 헤맨 것이 벌써 한 달이었다. 혹 이곳에 오면 방법을 찾을 수 있지 않을까? 그런 기대로 찾아온 고향집이었다. 그러나 그녀는 지금 자신의 가슴 위에 난데없이 커다란 돌덩어리가 하나 더 얹힌 기분이었다. 현수 때문이었다. 엄마가 얌전히 놓아준 베개를 고쳐 베고 누워 있다가 이리저리 몸을 뒤척였다. 눈을 꼭 감았으나 잠 속으로 들어갈 수가 없었다. 정윤의 기억은 오래전의 그날로 천천히 거슬러 올라가고 있었다.

정윤은 고2, 현수는 고3이었다. 그리고 그날은 몹시 추웠던 겨울날들 중의 어느 하루였다. 현수가 그의 아버지인 최 씨 아저씨와 크게 다투는 일이 일어났다. 정윤의 집은 현수의 집과 담 하나를 사이에 두고 있는 앞뒷집이었다. 부자간의 다툼 소리가 정윤의 집까지 들려왔다. 다 집어치우라느니, 대학 가봤자 암것에도 소용없다느니, 법이 바뀌었다고요, 세상이 바뀐다고요, 하는 말들이 둘 사이에 왔다 갔다 했다. 부자간에 이견을 보이고 있다던 현수의 진로 문제에 관한 다툼인 것 같았다.

같은 내용의 이야기들이 반복되는가 싶었는데 어느 순간, 기차 화통 닮은 최 씨 아저씨의 고함 소리가 나더니 뒤이어 퍽, 풀썩, 풀썩, 하며 무언가 연속적으로 마당에 내팽개쳐지는 것 같은 소리가 들렸다. 정윤은 도저히 참을 수 없었다. 툇마루 밑에 놓인 슬리퍼를 꿰신고 뒷집과 경계를 지은 담벼락으로 달려가 귀를 갖다 댔다. 고함 소리가 끊기더니 더 이상 이어지지 않았다. 정윤은 담 너머의 상황이 몹시 궁금해 뒷마당 화단의 돌바위 위에 올라가 조심스럽게 담을 넘겨다봤다. 마당 한가운데 내팽개쳐진 것은 현수의 책과 공책들이었다. 최 씨 아저씨가 그 앞에 서서 공책 한 권을 집어 들더니 성냥을 그어 불을 붙였다. 불붙은 공책은 아저씨의 손끝에서 화르르 타올랐다. 아저씨는 불타는 그 공책을 책과 공책 더미 위로 휙 던져버렸다. 종이 뭉치들은 금방 커다란 불더미를 만들며 활활 타올랐다.

현수는 마루 끝에 그대로 선 채 핏발 선 눈으로 자신의 책과 공책이 타오르는 것을 지켜보고 있었다. 학생에겐 생명 같은 책을 모조리 불태우고 있는 아버지, 그리고 불타는 책을 구하려 하지 않고 바라만 보는 아들. 정윤은 너무도 비정한 두 부자의 행동에 그만 아! 하고 신음 소리를 내고야 말았다.

아주 작은 소리였는데 현수가 들었던 모양이었다. 그가 정윤이가 서 있는 쪽을 쳐다보았다. 그리고 서로 눈이 마주치고 말았다. 두 사람의 눈이 마주친 시간은 아주 짧은 순간이었다. 현수는 곧바로 고개를 숙이더니 빠르게 몸을 돌려 방으로 들어갔다. 그리고 그날 이후로 정윤은 현수를 다시 보지 못했다. 그가 가출했기 때문이다. 정윤에게는 아무런 말도 없이 현수는 이 J읍을 아주 떠나버린 것이었다. 그녀로서는 너무도 어이없는 이별이었다.

나중에 정윤과 그녀의 엄마는 현수 엄마에게서 그날의 상황에 대해 직접 얘기를 들었다. 그날 최 씨 아저씨는 밖에서 술을 많이 마신 상태였다고 했다. 집으로 돌아온 아저씨는 공부하고 있는 현수의 방으로 들어가 평소에 항상 하던 말들을 또 늘어놓았다고 했다. 대학은 뭐 하러 가려고 하냐느니, 연좌제 걸린 빨갱이 자식은 아무리 공부해봤자 이 나라에서는 쓸 곳이 없다느니, 시장바닥에서 애비한테 배추 장사나 배우는 것이 그나마 이곳에서 살아남는 방법이라느니. 일이 그렇게 되려고 그랬던 것일까? 항상 반복되던 최 씨 아저씨의 주사를 묵묵히 참아내며 공부만 하던 현수가 그날따라 더 이상 참지 않고 대들었다고 했다.

"그 지긋지긋한 연좌제 타령 그만하세요. 연좌제 폐지된 것이 언제인데 아직도 그러고 계세요?"

"이눔아, 말이 좋아 폐지지 그 올가미가 어디 지대로 벗겨지는 줄 아느냐? 우리 집안에 니 할아버지 한 분만 올라갔는 줄 아느냐? 고모도 큰아버지도 다 올라갔단 말이다. 니가 아무리 공부한다 한들 그 족쇄에서 벗어날 줄 아느냐?"

현수는 눈에 독을 품고 한참 아저씨를 노려보다가 크게 소리쳤다.

"왜 아버지 인생의 패배를 거기다 핑계 대세요? 그건 패배에 비겁을 더하는 것이라고요! 전 아버지처럼은 절대 안 살 거라고요."

아들의 독설에 순간적으로 흥분한 아저씨는 그만 현수에게 달려들어 따귀를 올려붙이고야 말았다. 두 부자의 싸움은 걷잡을 수 없어졌고 결국은 아저씨가 현수의 책장에 꽂혀 있던 책들을 모두 끌어내어 불태워버리는 지경까지 이르게 됐다. 제 아버지보다 훨씬 덩치도 크고 힘도 센 현수가 아버지의 행동을 말리려면 얼마든지 말릴 수 있었을 텐데 그렇게 하지 않은 것은 이미 자신의 마음속에도 생각하고 있는 무언가 있었던 것 같다고, 우리 현수 불쌍해서 어떻게 하면 좋겠느냐고, 현수 엄마는 눈물을 철철 흘리며 말했었다.

정윤과 현수는 좋아하던 사이였다. 어린 시절에는 담 하나를 사이에 둔 이웃의 오빠, 동생으로 지냈지만 언제부터인가 둘 사이에는 이성으로 좋아하는 마음이 생기기 시작했다. 부모들 몰래 바닷가에서, 빵집에서 데이트도 가끔 했다. 대학을 들어가고 어른이 되면 서로의 미래를 함께 설계하자고 말했던 적도 있었다. 그러나 순간적으로 일어난 그 사건은 그들에게 아무런 설명, 어떠한 위로, 언젠가의 약속, 그 무엇 하나 제대로 나누거나 남기지 못하고 헤어지게 만들었다.

정윤이 현수의 소식을 처음으로 듣게 된 것은 그로부터 3년이 지난 대학 2학년 때였다. 같은 학교의 애향 모임에서 만난 한 선배가 현수의 소식을 전해줬다. 현수는 그때 부산으로 내려가 원양어선을 타고 북대서양인지 어디인지 아주 먼 바다로 갔다고 했다. 아버지 돌아가시기 전에는 이곳 J읍에는 절대로 돌아오지 않겠다고 했으니 너도 이젠 그만 현수를 잊으라고 했다. 정윤은 그에게 혹시 현수를 만난 적이 있느냐고 물었다. 잠시 멈칫하던 그는 이내 사실을 털어놓았다. 얼마 전 그가 서울에 왔던 적이 있다고. 학교까지 찾아와 자신을 만나고 먼발치로 정윤의 모습도 보고 갔다고…….

동창으로 쏟아져 들어오는 햇살 때문에 정윤은 더 이상 견디지 못하고 눈을 떴다. 엄마는 이미 부엌에 들어가 아침 식사 준비를 하고 있었다. 열어놓은 현관으로도 햇빛이 들어와 마루를 건너 안방까지 진군했다. 한여름의 태양은 길고 뜨거운 빛으로 집 안 구석구석을 점령하고 있었다. 잠을 설쳐서 그런지 머리가 지끈거렸다. 어지러운 생각 속에 그동안 잊고 있었던 옛일들과 감당하기 힘든 현실의 고통이 뒤얽혀 혼란스러웠다. 엄마에게 들킬까 조심스럽게 이불을 끌어올리고 숨죽여 울던 어젯밤 기억이 났다. 엄마에게는 당신이 보고 싶어 내려왔다고 했지만 그것은 거짓이었다. 그녀가 늦은 밤, 마지막 버스를 타고 고향집에 온 것은 그런 촉촉하고 따스한 이유 때문이 아니었다.

몇 달 전, 정윤의 남편이 경영하던 회사가 거래처의 연쇄 부도로 쓰러졌다. 문제는 사채였다. 어떻게든 회사를 살려보겠다고 발버둥치던 남편은 사채까지 끌어다 썼던 것이었다. 그러나 계속 돌아오는 어음을 막지 못한 회사는 결국 부도 처리됐고 그는 사채업자들을 피해 도망 다니는 신세가 되고 말았다. 남편이 자리를 피한 지 한 달 정도 지났을 때였다. 집 담보로 받은 대출금을 기일까지 갚지 않으면 집을 경매에 붙여 채권을 회수하겠다는 통보가 은행에서 날아왔다. 예상은 하고 있었지만 일은 너무 빠르게 진행됐다. 집 안에도 여유자금은 없었다. 손 놓고 당하는 일밖에는 할 수 있는 것이 없었다.

남편도 없는 상황에서 중학교에 다니는 아이 둘과 집에서 쫓겨날 일이 정윤은 두려웠다. 자신에게는 이 일을 해결할 능력도, 도움을 청할 사람도 없었다. 어떻게 해야 하나? 어떻게 할까? 그녀는 거실 바닥에 엎어져 하루 종일 죽은 듯 눈을 감고 있었다. 오래 생각하고 또 생각했으나 방법은 떠오르지 않았다. 그러다가 어스름 저녁이 다 되어서야 얼핏 어떤 이야기가 하나 떠올랐다. 언젠가 고향집에 다니러 갔을 때, 그곳 거실에 앉아 동네 아주머니와 엄마가 함께 나누던 대화였다. 이 동네 앞으로 큰 도로가 날 계획이 있어 땅값이 많이 올랐다는 그런 내용이었다.

"이 집은 마당이 넓어 땅값만 해도 꽤 나갈걸요?"

눈을 가느다랗게 뜨고 부러운 듯 엄마를 바라보던 아줌마의 얼굴이 생각났다. 정윤은 엎드려 있던 자신의 몸을 빠르게 일으켜 세워 앉았다. 아이들이 학교에서 돌아오면 읽을 수 있게 급하게 휘갈긴 메모지를 식탁 위에 올려놓았다. 가방에 옷가지 몇 개 집어넣고 후다닥 집을 나와 고속버스 터미널로 향했다. 막차는 여유 있게 탈 수 있을 것 같았다.

'이 집이 몇 평쯤 되더라?'

창밖의 너른 마당을 보며 정윤은 넓이를 가늠해봤다. 엄마에게 간곡히 부탁하여 이 집을 담보로 대출받으면 급한 대로 서울집이 경매에 넘어가는 것만은 막을 수 있을 것 같았다. 그것밖에는 길이 없었다.

'딸이 아이들 데리고 나앉게 생겼다는데 엄마가 설마 모른 체할까?'

머릿속에 똬리를 틀고 앉았던 뱀 같은 생각이 혀를 날름거렸다. 하필이면 왜 그때 엄마의 그 얼굴이 떠오른 것일까? 아버지가 친구 빚보증 섰다가 그대로 짊어지는 바람에 지긋지긋하게 고생했다며 진저리치던 엄마의 얼굴이…….

법 없이도 산다 했던 사람 좋은 아버지는 정윤이 중학교 1학년 때 돌아가셨다. 맺힌 데 없이 선하기만 하던 남편 탓에 숱한 고생을 하며 사 남매 자식들을 대학까지 키워낸 엄마였다. 인생 선한 뒤끝은 있다며 남편을 온전히 믿고 살아왔다. 하지만 아버지는 마흔 나이에 암까지 얻어 마지막까지 엄마를 힘들게 하다 가셨다. 엄마는 가끔 자식들에게 말하고는 했다.

"세상 무슨 일이 있어도 남의 빚보증은 서주면 안 된다. 차라리 가지고 있는 돈 얼마 떼서 도와주면 줬지 내 재산 담보로 보증 서주는 일은 절대 하면 안 된다. 세상에 어리석은 일이 그런 일이다."

마음의 준비는 하고 왔지만, 갑자기 떠오른 엄마의 그 말을 생각하니 도저히 용기가 나지 않았다. 더구나 엄마는 이제 삶이 얼마 남지 않은 노인이 아닌가? 어쩌면 엄마를 위험에 빠뜨릴 수 있는 생각을 하고 있는 자신이 미워 정윤은 눈물이 날 것만 같았다.

"야야. 그 해안도로가 이 앞으로 난다고 예전부터 그러지 않았더냐?"

부엌에 있던 엄마는 정윤이 자리에서 일어난 것을 보고 말했다.

"그랬지요."

"그게 올해 뭔 바람이 불었는지 갑작스레 길이 난다고 하더라. 요 앞쪽으로는 이미 집들도 다 헐렸다."

"그래요?"

"엊지낙에 들어오면서 못 봤나?"

"깜깜해서 못 봤어요."

"그래. 밤이라서 안 보였을 기다. 아침 먹고 한번 요 동네 살살 둘러봐라. 도로 난다는 쪽으로는 다 헐렸다."

정윤이 결혼하기 전부터 이 동네 골목 앞으로 4차선 해안도로가 날 것이라는 소문이 있었다. 오랫동안 소문으로만 떠돌더니 드디어 올해 추진되는 모양이었다. 집 헐린 동네 사람들은 다 어디로 갔느냐고 물었다. 경주네는 보상받아 터미널 부근에 큰 집 지어 갔고, 미숙이네는 새로 조성된 신시가지 아파트로 갔다고 했다. 정윤이네 뒷집에 살던 최 씨 아저씨네는 골목 앞쪽으로 땅이 조금 더 있었는데 아저씨가 술병으로 세상을 떠나는 바람에 아들인 현수가 보상금을 받았다고 했다.

"최 씨 아저씨가 돌아가셨어요? 술을 그리 좋아하더니 결국 그렇게 가셨구나."

"그래. 그 양반은 맨날 술로 살았지. 생각하면 안됐다. 태어나긴 좋은 집안에 태어났는데 못된 세월을 만나 그리 살았던 거지. 일본 유학까지 갔다 오고 공부 많이 한 핏줄들이 다 그렇게 됐으니 현수는 공부를 못 하게 한 거 아니겠나?"

엄마는 혀를 쯧쯧 찼다.

"아무리 그렇다고 시대에 뒤떨어지는 그런 생각을."

정윤은 가슴이 아려오는 것 같았다. 생각하면 모두 다 불쌍한 사람들이었다.

"현수는 즈들이 살던 우리 뒷집을 팔고, 땅 보상금하고 해서 방파제 앞 해변 쪽에다 큰 집을 지었어. 내가 한번 가 보니 거실에서 바다가 훤히 보이고 아주 멋있더구나. 걔가 옛날에 여기 떠날 때는 즈이 아버지 가슴에 대못을 박고 떠났는데, 아버지 죽고 돌아와서는 엄마한테는 그럴 수 없이 잘하더라."

정윤은 현수의 사고 경위가 궁금했다. 눈치를 보면서 조심스럽게 물었다.

"현수 오빠의 사고가 어떻게 났는지는 아세요?"

"그게, 뭐라더라? 들어놓고도 이래 까먹는다. 머 수쿠룬지 뭔지."

"아, 스크루요?"

"그래, 배 밑에 뭐가 걸려 안 움직이는데 현수가 그 원인을 찾아보려고 배 밑으로 내려갔다더라. 그 수쿠룬가 뭔가에 그물이 잔뜩 감긴 것을 보고 끊어내는 작업을 하다가 발목이 거기 말리는 바람에 잘렸다더라. 헬리콥터가 뜨고 그 바다가 있는 나라의 병원으로 옮겼는데 잘린 발목은 바닷속에 잃어버린 채 그냥 갔기 때문에 수술이고 뭐고도 없이 잘린 곳 봉합만 했다더라. 피를 하도 많이 흘려서 살리지 못할 줄 알았는데 하늘이 도와서 살아났다더라."

"아……."

"배 타서 번 돈에, 사고 보상금에, 아버지 땅 보상금에, 사업도 잘 되지. 걔가 이제는 큰 부자 됐다."

엄마는 어젯밤에 하던 이야기를 다시 했다. 현수가 큰 부자 됐다는 그런 말은 정윤의 마음을 몹시도 어지럽혔다. 하지만 그게 다 무슨 소용인가. 지금의 그들은 아무런 관계가 아니지 않은가? 정윤은 고개를 저었다.

"얘기를 들어보니 땅 보상받아서 다들 좋은 데로 이사 갔는데 엄마만 땅 위치 조금 차이로 보상 못 받아 좀 서운하겠네."

엄마는 정윤의 말이 다 끝나기도 전에 펄쩍 뛰었다.

"어이구, 그런 소리 마라. 그까짓 보상이 다 뭔 소용이야? 평생 살던 내 집이 헐리는데 다 늙어 어디로 가라고? 늙은이들은 그저 제 살던 집에서 죽는 것만큼의 호사는 없단다."

그건 맞는 말이었다. 이제 엄마의 나이에 돈은 큰 의미가 없었다. 얼마를 살지 모르지만 반평생을 넘게 살아온 당신 땅, 당신 집에서 평화롭게 떠나고 싶은 것이 마지막 남은 소망인 것이다. 정윤은 알 것 같았다. 엄마에게 있어 이 집은 무생물이 아니라는 것을. 생명이 있고 영혼이 있는 존재라는 것을. 엄마가 이 땅을 사고 집을 짓기 위해 뛰어왔던 오래전 날들의 그녀의 땀과 눈물이 떠올랐다.

오징어잡이가 성수기를 이루는 여름이면 이 마을의 많은 집들은 오징어 배를 타거나 오징어 건조 사업을 했다. 정윤의 집은 아버지가 일찍 돌아가셨기에 배를 탈 사람이 없어서 엄마 혼자 힘으로 오징어 건조 사업을 했다. 엄마는 새벽마다 생물 오징어를 사러 어판장에 나갔다. 가기 전에 가장 먼저 해야 할 일이 라디오의 일기예보 듣기였다. 날씨가 흐리거나 비가 오면 낭패를 보기 때문이다.

잠결에 들리는 기상캐스터의 목소리는 멀리서 철썩이는 파도 소리 같았다. 잠결인 듯 꿈결인 듯 들리던 그 목소리, 그 아득한 소리 속에 엄마의 땀과 눈물이 고스란히 녹아 있었다.

정윤은 다음 날에 새벽 항구에 나가봐야겠다는 생각이 들었다. 항구에 다녀와서 아침을 먹은 후 그만 서울로 돌아갈 생각이었다. 왜 그곳에 갈 생각이 들었는지는 자신도 잘 몰랐다. 그저 오래전, 세상 모두가 다 잠들어 있는 시간에 깨어서 움직이던 사람들이 그곳에 있었다는 것이 기억났다. 혹 그곳에 가면 그 사람들을 다시 볼 수 있지 않을까 싶은 생각이었다.

새벽이 열리는 항구에는 오징어 배들이 속속 입항하고 있었다. 바다 냄새, 생선 냄새, 선박 기름 냄새가 한데 엉켜 부두를 뒤흔들었다. 엔진 소리, 갈매기 소리, 뱃사람들 고함 소리가 그 위로 몰려들었다. 부두에 배들이 들어오기 시작하자 사람들이 몰려들었다. 선원들은 오징어가 가득 담긴 스티로폼 박스를 판장에 내렸다. 배 안의 오징어 박스 개수가 표시된 하얀 종이가 늘어놓은 오징어 위에 얌전히 붙어 있었다. 사람들이 박스를 둘러싸고 웅성거리기 시작했다. 경매가 시작되는 것 같았다. 경매는 몇 분의 시간이 지나지도 않았는데 금방 끝났다. 낙찰받은 사람이 몰고 온 트럭에서 컨베이어 벨트를 내려 배에 연결시켰다. 배에 있던 오징어들이 컨베이어 벨트를 타고 줄을 지어 트럭으로 들어갔다. 낙찰에 실패한 사람들은 속속 도착하는 다른 배들로 몰려갔다. 바다는 아직도 검은 어둠에 잠겨 있는데 어판장 천장에 줄지어 달아놓은 전구들의 불빛은 휘황했다. 금방이라도 살아서 펄떡일 것 같은 오징어의 대이동을 보고 있는데 멀리서부터 희미하게 피어오르는 미명이 느껴졌다. 정윤은 눈을 들어 먼바다를 바라봤다.

어둠 속 수평선에서 붉은 해가 찰랑이는 바닷물과 힘겨루기를 하고 있는 것이 보였다. 바다는 떠오르려는 해에 붙어 오르다 떨어지고, 떨어지다 다시 붙었다. 몇 번을 그렇게 실랑이하던 중 딱 한 순간이었다. 붉은 해가 그 몸뚱이 전체를 수평선으로부터 쑤욱 뽑아 올린 것은. 거뭇한 바다는 안간힘을 쓰던 해를 밀어 올렸고 푸르스름한 하늘은 그 해를 덥석 받아 안았다. 그리고 세상은 점점 환해지기 시작했다. 거친 밤을 지나온 배들이 하나둘 정박하고 서서히 잠들기 시작했다. 온몸으로 하루를 여닫는 이곳의 모든 것들에 정윤은 뭔지 모를 부끄러움을 느꼈다. 그녀는 몇 번이나 뒤를 돌아보면서 천천히 J항구를 걸어 나왔다.

어시장이며, 모래벌판이며, 방파제며, 이곳저곳을 정처 없이 돌아다녔다. 새벽 항구만 다녀와서 아침을 먹은 후 바로 서울로 돌아갈 생각이었지만 마냥 걸어 다니다보니 시간은 어느새 한낮이 되어버렸다. 멀리 방파제 끝에 빨간 등대가 보였다. 정윤은 저 등대까지만 갔다가 돌아가야겠다고 생각했다. 드넓은 감청색 바다 위에 반짝이고 있는 윤슬을 눈이 시리게 바라보며 걸었다. 키 큰 등대 옆에 오래도록 서 있었다. 햇빛이 수직으로 내리치며 방파제 바닥을 뜨겁게 달구었다. 점차 몸에서 땀이 흐르기 시작했다. 이 강렬한 빛을 피할 곳이 있을까? 정윤은 두리번거렸다. 그러다 발견했다. 그녀의 옆에 서 있는 등대가 딱 자기 지름만큼 넓이의 그늘을 바닷물 닿는 곳까지 만들어내는 것을. 등대 그늘 속으로 들어갔다. 누군가 두고 간 신문지가 떨어져 있었다. 정윤은 그것을 주워 펼친 다음 다시 바닥에 깔고 앉았다.

시간이 점점 흐르면서 태양도 자리를 옮겨갔다. 이른 아침 수평선에서 떠올랐던 그것은 한낮엔 하늘 중앙으로 이동했다. 그리고 오후가 되면서 점차 서쪽으로 옮겨갔다. 태양이 자리를 옮겨가며 등대 그늘은 태양을 따라 움직였다. 정윤은 자신도 몰래 등대 그늘을 따라 함께 몸을 움직였다. 그러면서 문득 깨닫게 되는 것이 있었다. 산다는 것은 저 태양과 이 그늘처럼 빛과 그림자를 만들며 돌아가는 것이라는 사실을. 없었던 것이 생기고 있었던 것은 사라지는 것. 그것이 본질이라는 생각이 들었다. 다 받아들이고 다 놓아버리면 반드시 다시 돌아온단다. 하룻낮을 건너고 하룻밤을 지나 다시 그곳에 돌아오는 저 태양처럼. 오늘 하루 정윤을 품어주던 등대 그늘이 가만히 그녀에게 속삭여준 말이었다.

가방 안에 들어 있던 전화기가 울렸다. 모르는 번호였다. 잠시 망설이다 전화를 받았다. 현수 오빠의 목소리였다. 어쩌면 그녀가 어제 내내 기다렸을지도 모르는 전화였다. 하지만 이제는 아니었다. 마침 지나가는 선박의 뱃고동 소리에 그의 목소리가 묻혀 무슨 말을 하는지 알아들을 수 없었다. 너네 엄마에게. 부우웅. 번호를 알아내서. 탕탕 탕탕. 내가 너 만나려고. 빠아앙. 지나간 선박이 만들어낸 너울이 일렁거리며 방파제로 밀려왔다.

"뭐라고? 현수 오빠, 뱃고동 소리 때문에 잘 안 들려. 나 지금 서울로 돌아가는 길이야. 일단 끊어봐. 서울 도착하면 전화할게."

정윤은 전화를 끊은 다음 전원을 눌러서 가방에 집어넣었다. 밀려오던 너울은 방파제에 부딪히자 하얀 거품을 뿜어 올리며 부서졌다. 먼바다에서 한 줄기 바람이 불어왔다. 흩날리는 머리칼을 그 바람에 맡긴 채 정윤은 가만히 눈을 감았다. 살아갈 일이 이젠 더 이상 두렵지 않았다.

수색역

희수가 그곳을 떠올린 것은 한 권의 책 때문이었다. 책을 자주 주문하다보니 어느 순간 방 한 면에 늘어서 있는 세 개의 책장은 꽉 차 있곤 했다. 오늘도 그랬다. 우편으로 보내온 정기 구독 잡지를 꽂아두려고 책장 앞에 섰는데 여유 있는 자리를 찾을 수 없었다. 책들은 숨쉬기가 힘들다고 아우성치는 것 같았다. 오래전 책들은 솎아내기로 했다. 한 권씩 빼어내며 정리하는데 『수색, 그 물빛 무늬』라는 책이 눈에 들어왔다. 소설가 이순원 선생님의 연작 소설이다. 희수는 뭔가에 홀린 듯 그 자리에 서서 한 장 한 장 책장을 넘겼다. 예전에 읽은 내용이었지만 다시 읽었다. 어린 시절 주인공의 집에는 아버지의 시앗인 작은어머니가 함께 살았다. 그녀는 주인공에게 친어머니보다 더 다정했다. 하지만 그녀는 그 집에서 더 이상 버티지 못하고 결국은 떠나버린다. 주인공은 성장하면서 가끔씩 그녀를 그리워했는데 어른이 되고 나서 그녀가 수색이란 곳에 산다는 소식을 우연히 듣게 된다. 그러나 그는 끝까지 그녀를 찾아가지는 못한다. 수색이란 곳은 그 작품의 제목처럼 오랫동안 그의 가슴에 물빛 무늬로 어른거린다.

오래전 그 작품을 읽었을 때, 희수는 잠시 그곳을 떠올렸다. 수색은 그녀에게도 어린 시절의 추억이 아련하게 남아 있는 곳이었다. 하지만 한창 젊었던 그때, 그녀의 일상은 너무나 바빴다. 지나간 것들을 돌이켜 그리워할 여유 없이 정신없이 살고 있었다. 그때 그 책에서 보았던 수색은 어스름 저녁, 버스 차창으로 스치는 거리처럼 흐릿하게, 잔상도 남김없이 빠르게 지나갔다. 하지만 중년이 넘은 지금, 책 표지에서 '수색'이라는 지명을 다시 보고 있자니 희수의 가슴 속엔 안타까운 그리움 같은 것이 피어올랐다. 그 아이와 철석같은 약속만 해두고 결국은 가보지 못했던 수색역이 생각났다. 그 아이도 어딘가에서 자신처럼 이렇게 나이 들어가고 있을 것이다. 잘살고 있을까? 잘살고 있겠지. 어쩌면 그렇지 못할지도 모른다. 하지만 희수는 고개를 젓는다. 그 어디에서라도 잘살고 있기를. 기필코 행복하기를…….

서울에는 희수의 할아버지 친척 동생인 작은할아버지가 살고 있었다. 두 분 다 외아들이라 가까운 다른 친척들이 없었다. 촌수도 6촌이었고 사는 곳도 서울과 강릉으로 멀리 떨어져 있었다. 멀다고 생각하면 먼 관계였지만 두 분은 소식을 전하면서 왕래하고 지냈다. 작은할아버지는 일찍 상처하고 두 남매를 기르며 살았다. 희수가 기억하는 그 당시에 작은할아버지는 60대 초반이었다. 삼촌은 대학생, 고모는 여고생이었다. 그 시절로는 자식들을 아주 늦게 본 편이었다. 첫 부인과 사별한 작은할아버지는 몇 번 재혼했지만 번번이 실패했다. 두 남매의 성격이 아주 예민하고 까칠했던 것이 큰 이유라고 했다. 그들은 새엄마와의 관계가 좋지 않았다. 어린 남매가 청년들로 성장하는 세월 동안 몇 분의 새어머니가 들어왔지만 결국은 다 파탄으로 끝을 맺었다.

여름이면 두 남매는 해수욕을 한다고 동해안에 있는 희수의 집에 내려와 며칠씩 머물다 가곤 했다. 둘은 희수의 엄마에게 형수님, 올케언니, 라고 부르며 잘 따랐다. 계모를 몇 명이나 내쫓아버린 성깔 못된 남매라고는 전혀 짐작하지 못할 정도로 곰살맞게 굴었다. 초등학교 3학년 여름방학, 열 살의 희수는 작은할아버지의 초대로 서울로 놀러갔다. 영동선 고속도로가 생기지 않아 고속버스도 없고 직행버스만 있을 때였다. 강릉 터미널에서 엄마가 태워준 초록색 직행버스에 몸을 실은 채, 「메밀꽃 필 무렵」의 허 생원이 흐뭇한 달빛 속에 나귀와 함께 오가던 봉평, 대화, 진부, 평창, 그런 강원도 깊숙한 곳곳을 누비며 여덟 시간이나 걸려 마장동 버스 터미널에 도착했다. 희수가 태어나서 처음으로 가본 서울이었다. 고모와 삼촌이 마중 나와 있었다.

작은할아버지 집은 응암동에 있었다. 셋은 시내버스를 타고 가다가 큰길 버스 정류장에서 내렸다. 작은할아버지의 집은 8차선 대로 건너편의 한옥 주택가에 있었다. 두 사람을 따라 대문을 들어서니 40대 중반쯤으로 보이는 어떤 아주머니가 반갑게 희수를 맞아주었다. 그 옆에는 희수 또래의 예쁘장한 여자아이가 호기심 어린 표정으로 희수를 바라보며 서 있었다. 희수는 그 집에 작은할아버지와 삼촌, 고모, 세 식구만 사는 줄 알고 있었기에 두 여자의 존재가 의아했다. 나중에야 설명을 듣게 됐는데 그분은 얼마 전 들어오신 새할머니였다. 여자아이는 그분의 딸이었다. 희수와 동갑이라 했다. 작은할아버지는 희수에게 그 아이를 작은고모라 부르라고 했다. 그 아이에게는 희수에게 조카라 부르라고 했다. 이해할 수 없었지만 둘은 그러겠다고 고개를 끄덕였다.

저녁상엔 희수를 위해 준비했다는 국물 있는 불고기가 자글자글 끓고 있었다. 희수는 불고기란 음식을 그때 처음 먹어봤다. 입속에서 혀가 녹아 없어지는 것처럼 맛이 있었다. 숟가락으로 밥을 한 번씩 뜰 때마다 엄마보다도 더 젊은 새할머니가 젓가락으로 불고기를 집어 희수의 숟가락에 얹어줬다. 희수는 처음부터 새할머니가 좋았고 그 아이도 좋았다. 아침이면 삼촌과 고모는 도서관에 간다고 바삐 나갔고 작은할아버지도 어디론가 나갔다. 그래서 희수는 매일 그 아이하고만 놀았다. 아이의 이름은 숙현이었다. 희수는 그 아이와 둘이 있을 때는 그냥 숙현이라고 불렀다. 그 아이도 주변을 한 번 휘둘러본 다음, 희수라고 불렀다.

서울에 머무르던 20여 일 동안, 두 모녀는 어린 희수에게 최선을 다해 손님 대접을 했다. 어느 날 새할머니는 둘의 손을 잡고 창경원에 데리고 갔다. 그때는 동물원이 그곳에 있었다. 희수는 생전 처음 보는 호랑이, 사자, 기린 같은 동물들을 구경했다. 어느 날은 백화점 구경을 시켜준다고 미도파 백화점에도 데리고 갔다. 백화점은 물건값이 너무 비싸 구경만 했다. 나와서는 주변에 있는 남대문시장에 들렀다. 그곳에서 새할머니는 숙현과 희수의 옷을 사 주었다. 바지 위에 천을 덧대어 붙인 치마바지라는 옷이었다. 입고 앉으면 바지인데 서 있으면 치마처럼 보였다. 요즈음 테니스 선수들이 입는 옷이었다. 희수는 그런 옷을 처음 보았기에 몹시 흥분했다. 숙현도 마찬가지였다. 집으로 돌아온 두 아이는 치마바지를 입고 앉았다 섰다 하며 즐거워했다. 젊은 새할머니가 두 아이를 보면서 말했다.

"아유, 똑같이 입혀놓으니 똑 쌍둥이 같구나."

아침을 먹고 나면 희수는 숙현과 함께 대청마루에 앉아 인형 놀이를 했다. 인형 놀이를 함께하면서 둘은 많은 이야기를 했다.

"너는 전에 어디서 살았니?"

"난 수색에 살았어."

"여기서 멀어?"

"버스로 몇 정거장만 가면 있는데 거기는 기차역도 있어."

"나는 기차역에는 한 번도 가본 적이 없어."

숙현은 학교 갈 때 '수색역'이라는 역을 지난다고 했다. 옛날에는 거기서 기차를 타면 북한으로도 갔다고 했다. 자신의 엄마 고향은 북한인데 6.25 때 피난 왔다가 못 올라갔다고, 그래서 엄마는 그곳을 지날 때면 북쪽으로 뻗은 기찻길을 한참이나 보고 서 있다고 했다. 희수는 자신도 그곳에 한번 가보고 싶다고 말했다.

"너 가고 싶으면 내가 데리고 가줄까? 길 건너 버스 정류장에서 수색 가는 버스 타면 금방 가."

숙현의 제의에 희수는 뛸 듯이 좋아했다. 꼭 데리고 가줘야 한다고 다짐했더니 걱정하지 말라고 했다. 그렇게 희수와 숙현은 손가락을 걸며 약속했다. 그러나 두 아이는 너무 어려 언제 간다는 날짜를 빠뜨리고 말았다. 새할머니는 틈나는 대로 두 아이를 데리고 여기저기 서울 구경을 시켜줬기에 나름 바쁜 날들이었다. 그래서 둘은 그만 수색역에 가자는 약속을 잊어버리고 말았다. 그리고 희수가 강릉 집으로 돌아오기 하루 전에야 그 약속이 생각났다.

"숙현아, 우리 둘이 수색역에 가보기로 했는데 잊어버렸네. 나 내일 집에 가는데 어떻게 하니?"

"깜빡 잊어버렸다. 어떻게 하지?"

숙현은 울상을 지으며 자신의 엄마를 돌아봤다. 새할머니는 걱정 말라고 했다. 내년 여름에 희수가 서울에 또 오면 되지 않겠느냐고, 기차역은 없어지는 것도 아니니 내년에 와도 거기 그대로 서 있을 거라고 했다. 그렇게 두 아이는 다음 해 여름에 수색역에 가기로 다시 한 번 약속했다.

그러나 그해 겨울, 친구들과 함께 설악산에 왔다가 형수님께 인사차 들렀다는 삼촌의 입을 통해 희수는 그 두 모녀가 작은할아버지 집을 떠났다는 얘기를 들었다. 희수가 그곳을 떠난 지 얼마 되지 않았을 때라고 했다. 삼촌은 뭔가 분개한 표정으로 그 사연을 엄마에게 말했지만 희수는 그 내용까지는 기억이 없다. 다만 삼촌이 희수의 집을 떠나자 혼잣말로 혀를 차던 모습과 그 내용은 또렷이 기억했다.

"이젠 작은아버님도 새어머님 들이시는 것은 그만두셔야지. 고모하고 삼촌이 저렇게 죽어라 새엄마를 못 받아들이겠다는데 어떻게 하라고? 쯧쯧."

다음 해 여름, 작은할아버지 집에서는 희수를 또 올려보내라 했지만 희수는 가지 않았다. 숙현과 새할머니가 없는 그 집에는 더 이상 즐거운 일이 없을 것 같았다.

그로부터 10년의 시간이 지났다. 희수는 대학을 서울로 왔고, 어느 일요일에 작은할아버지 집으로 인사를 갔다. 그녀가 사는 곳이 잠실이었는데 응암동에 가려면 종로에서 버스를 갈아타야 했다.

거의 서울 남동쪽 끝에서 서북쪽 끝까지 가는 것이었다. 응암동의 그 버스 정류장 앞에서 하차하는데 버스 창문 앞에 붙여놓은 큰 글자가 희수의 눈에 보였다. '수색'이란 글자였다. 희수는 잠시 어린 시절의 그 아이 숙현을 떠올렸다. 둘이 손가락을 걸며 했던 오래전 약속이 생각났다. 여기서 몇 정거장만 더 가면 수색이라고 어린 숙현이 말했었는데…….

집에는 작은할아버지와 삼촌만 있었다. 고모는 결혼해서 다른 지역에 살고 있다고 했다. 희수가 들어가고 20분쯤 지나자 삼촌은 약속이 있다며 나가봐야 한다고 했다. 오랜만에 왔는데 미안하다며 흰 봉투를 하나 희수에게 내밀었다. 입학 축하금이라고 했다. 삼촌이 나가자 작은할아버지가 변명처럼 말했다. 얼마 안 있으면 결혼하게 되는데 신붓감 되는 여자를 만나러 가는 것이라고. 삼촌과 고모가 없으니 희수는 작은할아버지와 단둘이 앉아 이런저런 이야기를 나눴다. 하지만 어느 순간에는 더 이상 할 말이 없어졌다. 작은할아버지가 원래 점잖고 말씀이 없는 분이라 더 그런 것 같았다. 희수에겐 열 살의 여름방학 20일 동안이나 즐거웠던 추억이 있는 작은할아버지 집이었다. 그때의 다정했던 숙현과 새할머니가 없어서 그런지 그 집이 몹시 허전하게 느껴졌다.

희수가 그곳을 떠날 때 작은할아버지는 대문 앞까지 나와서 배웅했다. 안녕히 계시라고 인사를 하고서도 어쩐지 발걸음이 안 떨어져 희수는 머뭇거렸다. 작은할아버지는 어두워지기 전에 어여

가라며 손을 휘휘 휘저었다. 머리가 하얗게 세고 몹시도 야윈 얼굴이었다. 희수는 주택가 길을 한참 걸어가다가 자신도 몰래 돌아봤다. 그때까지도 작은할아버지는 희수를 지켜보고 있었는지 그제야 몸을 돌려 대문으로 들어섰다. 그 뒷모습이 몹시도 쓸쓸해 보였다. 희수는, 어쩌면 작은할아버지가 자신을 만나 오래전 그 두 모녀가 생각났을지도 모른다는 생각이 들었다. 1년쯤 지나 희수는 삼촌으로부터 할아버지의 부고를 받았다. 암이라고 했다. 들은 바는 없었지만 희수가 응암동에 인사하러 갔었던 그때, 이미 병이 깊으셨던 것 같았다. 돌아가셨다는 연락을 받으니 그제야 희수는 그때의 할아버지 모습에 병색이 완연했었다는 생각이 드는 것이었다.

오늘 이렇게 책 한 권을 펼쳐 들고 있자니 희수의 가슴속엔 이제는 세상에 없는 응암동의 작은할아버지와, 그 집에서 만났던 오래전 그 사람들이 떠올랐다. 새로운 인연들과 화합하지 못해 그들은 끝내 그곳을 떠났지만 20여 일의 짧은 시간 동안 어린 희수에겐 참으로 친절하고 다정했던 모녀였다. 그들을 생각하니 마음이 쓸쓸해졌다. 바람 불고 마음 헛헛한 그런 날에 경의선 기차를 타러 가야겠다는 생각을 했다. 오래전 그때, 함께 가자고 약속만 하고선 끝내 가보지 못했던 그 수색역에 혼자라도 꼭 가봐야겠다는 결심을 하며 희수는 뽑아 들었던 책을 책장 깊숙이 다시 밀어 넣었다.

봉순 씨의
비 오는 날
출근 분투기

온몸으로 스며드는 촉촉한 기운에 봉순 씨는 살짝 눈을 뜬다. 이 느낌, 그녀가 좋아하는 느낌이다. 몸은 그대로 누운 채 고개만 돌려 창문 쪽을 올려다본다. 어스름한 기운이 유리창 밖에 남아 있는 것을 보니 아직 아침은 오지 않은 것 같다. 희미하긴 하지만 저 정도 빛이 어둠을 뚫고 밀려왔다면 지금 시각 6시 전후는 될 것이다. 크게 한 번 눈을 깜빡이고 다시 창을 바라본다. 희부윰한 유리 위로 무언가 주르륵 흘러내리고 있다.

저것은? 그렇다. 비다. 마흔하나 노처녀가 되도록 봉순 씨가 변함없이 좋아하던 비, 그것이 지금 밖에 내리고 있는 것이다. 뇌에서 파바박! 도파민이 분출되는 느낌, 마음이 말랑말랑해지며 기분이

급 좋아진다. 업된 기분의 여세를 몰아 귀를 쫑긋 기울여본다. 밖에서 들려오는 소리는 조용하고 가늘다. 이것은 그녀의 감성에 꼭 맞는 가을비? 기분이 점점 더 좋아진다.

오늘이 무슨 요일이지? 봉순 씨는 차분히 어제 일을 떠올려본다. 집에서 하루 종일 먹고 자고, 먹고 자고, 늘어지게 쉬었구나. 자도 자도 잠이 와서 하루 종일 잤구나. 어제는 일요일이었던 것이다. 그렇다면 오늘은? 길게 생각할 것도 없다. 지긋지긋한 노예선 같은 회사로 출근해야 하는 다섯 평일의 첫째 날, 월요일인 것이다. 가을비 조용히 내리는 날 아침, 그녀가 제일 좋아하는 이런 날 아침, 따뜻한 이불 속을 박차고 나와 노예선 같은 일터로 가야 하다니 이렇게나 억울할 수가…….

11년 전, 봉순 씨 나이 풋풋한 서른이었을 때, 누나가 내 이상형이라며 죽자사자 매달리던 동아리 후배 정수가 떠오른다. 다 좋았는데 녀석은 게임에 너무 정신 팔렸었다. 그 한 가지 이유만으로 봉순 씨는 녀석을 가차 없이 차버렸다. 그때의 그녀는 지혜롭고 명민했다. 판단도 빨랐다. 어영부영 녀석에게 코 꿰면 평생 자신이 벌어먹여야 할 것 같았다. 어린아이들을 업고 걸리고 조금이라도 싸게 물건을 사려고 시장통을 헤매는 자신의 모습이 막 그려졌다. 어디에서, 누구에게서 본 모습이었을까? 굳이 따지고 싶지도, 따질 필요도 없었다. 미련 없이 손절했다.

자신의 판단이 틀렸다는 것을 알게 되는 데는 채 5년도 걸리지 않았다. 그 게임 중독 정수 녀석이 친구와 함께 모바일 게임 회사를 차려 대박을 냈다는 것 아닌가? 시작할 땐 손바닥만 했던 회사는 투자자들로부터 거액을 투자받아 점점 커졌다. 결국은 목표했던 코스닥 상장까지 했다. 상장 후 그 회사는 업계에서 아주 유명해졌고 녀석은 봉순 씨의 대학 동문들 중 가장 성공한 사업가가 됐다.

그때 녀석의 청혼을 받아들였다면 오늘같이 비 오는 날, 노예선을 타러 가지 않아도 될 일 아닌가? 후회스럽다. 자신의 발등을 찧고 싶다. 아니, 조금 전까지만 해도 기분이 좋았는데 그 녀석 생각은 왜 해서 스스로를 우울하게 만드나? 참으로 어리석도다. 사실 녀석을 차버린 것은 게임 중독 때문만은 아니었어. 녀석은 뭐든지 어리바리했어. 거기다 키도 작고 머리숱도 없었지. 아, 생각을 말자, 생각을……. 봉순 씨는 베개에 얼굴을 그대로 박은 채 마구 흔든다. 그건 그렇고, 이제 그녀는 눈앞에 닥친 현실의 걱정을 아니 할 수 없다. 어차피 출근은 해야 하는 것, 지금 할 일은 이 상황에서 가장 지혜롭게 출근하는 방법을 모색하는 것이다.

월요일은 언제나 차가 밀린다. 비 오는 날도 밀린다. 비 오는 날과 월요일의 교집합은 차가 밀리는 것, 두 조건이 함께 나타날 때, 이 도시에는 최악의 출근길 시나리오가 펼쳐진다. 봉순 씨는 곰곰 생각한다. 오늘 같은 날, 그녀의 프라이드인 빨간 아반떼를 몰고 도로로 나서는 건 죽음이라고. 정시에 노예선에 오르려면, 그걸 기반으로 가늘지만 길게 먹고살 길은 지하철을 타는 것뿐이라고…….

봉순 씨는 덮고 있던 이불을 박차며 벌떡 일어난다. 욕실로 들어가 씻은 후 습관처럼 거울 속의 얼굴을 유심히 들여다본다. 어제 잠을 너무 많이 자서 그런가? 눈이 퉁퉁 부었다. 젊은 날 자신의 트레이드마크였던 검은 눈동자는 이제 더 이상 그 매력적인 반짝임이 없다. 하지만 봉순 씨는 언제나 초긍정 마인드 장착녀, 아직 절망은 이르다. 그녀에게는 풍성한 숱을 자랑하는 검고 윤나는 머리카락이 있다. 여자 나이 마흔하나에 그건 큰 재산이다. 신이여, 저에겐 아직도 열두 척의 배가, 아니, 이렇게 탐스러운 머리채가 있사옵나이다.

봉순 씨는 머리를 정성스레 빗은 다음 꼼꼼하게 화장을 한다. 아이라인과 아이섀도우를 그리고 바르니 신묘하게도 눈이 다시 커진다. 욕실을 나와 행거에 걸린 흰 블라우스와 회색 바지를 입는다. 투 버튼 금박단추가 달린 감색 재킷을 걸치고 현관으로 나온다. 신발장 옆 우산장에서 노란 튤립이 프린트된 비닐우산을 꺼내 든다. 10년 전 장만했지만 올봄에야 대출금을 다 갚은 12평 빌라, 마이 홈을 나선다. "비가 온다 오누나/ 오는 비는/ 올지라도 한 닷새 왔으면 좋지/ 여드레 스무날엔/ 온다고 하고/ 초하루 삭망이면 간다고 했지" 그녀는 좋아하는 소월의 「왕십리」를 우산 속에서 읊조리며 비 오는 거리를 철벅철벅 걸어간다.

지하철 구로역으로 들어서 에스컬레이터에 오른다. 그것은 많은 사람들을 한꺼번에 개찰구 앞으로 옮겨놓는다. 승강장에는 이미 줄이 길게 늘어져 있다. 차량이 기니 늘어선 줄도 아주 많다. 어떤 줄은 몸을 구부리며 기어가는 뱀처럼 옆으로 몇 번이나 구부러져 있다. 오늘의 출근 전쟁은 봉순 씨만 예상한 것이 아니다. 비 오는 날에 대한 사람들의 생각은 다 비슷하다. 모두 다 꾸역꾸역 지하철 역으로 몰려왔다. 후, 한숨을 내뱉고 줄 하나를 골라잡아 맨 꼬래비에 붙어 선다.

5분 정도 기다리자 긴 열차가 속도를 줄이며 승강장 안으로 들어온다. 열차엔 사람들이 가득 들어차 금방이라도 터져버릴 것만 같다. 문이 열렸는데 사람들이 하나도 내리지 않는다. 안에서 밀어내는 힘에 의해 밖으로 떨려날까 모두들 안간힘을 쓰며 버티고 서 있다. 아무도 내리지 않자 앞쪽에 서 있던 사람들이 문 안에 버티고 있는 사람들을 밀며 들어가기 시작한다.

"밀지 마세요. 밀지 마세요."

아우성치는 소리가 밖으로 터져 나온다.

"문을 닫아야 하오니 승객들께서는 다음 열차를 이용해주십시오."

방송에서는 똑같은 멘트가 몇 번이나 나오고, 문은 열렸다 닫혔다, 다시 열렸다 닫혔다 하더니 겨우 떠나간다.

5분 후, 다시 열차가 들어온다. 학습효과라는 게 이런 것인가? 이번엔 문이 열리자마자 사람들이 무조건 안으로 달려들어가기 시작한다. 꽉 차 있는 열차라도 밖에서 엄청난 힘으로 밀고 들어가면 어찌어찌 들어가지는 걸 앞의 열차를 보고 깨달았던 것이다. 물밀듯 밀고 들어간다는 표현이 찰떡같이 어울리는 현장이다.

"아악! 내려야 해요. 내려야 해요!"

어디선가 여자의 비명 소리가 들린다. 줄 꽁무니에 서 있던 봉순 씨는 고개를 빼고 비명 소리가 나는 곳을 쳐다본다. 어떤 여자가 남편과 함께 내리다가 한꺼번에 밀고 들어가는 사람들의 힘에 의해 다시 열차 안으로 밀려들어간 것 같다.

"여보! 여보!"

먼저 밖으로 나왔던 중년의 아저씨는 열차 안쪽을 보며 소리쳤으나 사람들에게 휩쓸려 들어간 아내의 모습은 보이지 않는다.

"아악, 저 내려요! 좀 비켜요, 비켜!"

하지만 열차 문은 그녀의 안타까운 절규만 남긴 채 스르르 닫히고 만다. 그리고 열차는 철커덕거리는 쇠바퀴 소리를 남긴 채 떠나가버린다. 하, 1.4후퇴 때 피난 나오다 이산가족 됐다는 소리는 노인들에게서나 들었지 눈앞에서 직접 목격할 줄이야……. 봉순 씨는 입이 떡 벌어진다.

열차를 두 번이나 더 떠나보내고 어느덧 봉순 씨도 줄 앞쪽으로 나오게 된다. 앞에 서 있던 사람들이 어떻게 열차에 들어가느냐를 그녀는 두 눈으로 똑똑히 목격했다. 이번에 들어오는 열차에는 자신도 어떻게든 밀고 들어가리라 결심한다. 그녀의 노예선은 요즘 분위기가 심상찮다. 가뜩이나 아이디어로 무장한 젊은 피들이 마구 치고 올라오는데 나이도 많은 것이 비 오는 날도 대비 못 해 지각이나 했다는 평가를 받을 수는 없는 일이다. 왜 세상은 살면 살수록 점점 더 힘들어지는 것일까? 40년이나 세상을 산 봉순 씨가 아직도 풀지 못한 의문이다. 그래! 죽기 아니면 까무러치기다! 봉순 씨의 온몸은 긴장으로 부르르 떨리고 두 손은 불끈 쥐어진다.

철커덕철커덕, 쇠바퀴 소리를 내며 다시 열차가 들어온다. 이전에 떠난 차량들과 마찬가지로 사람들을 미어터지도록 태우고 들어온다. 봉순 씨는 조금 전까지만 해도 모질게 결심했다. 이번에는 문만 열리면 무조건 밀고 들어가리라고. 하지만 오랜 시간 몸에 밴 교양 때문인지 차마 그렇게까지 할 수는 없다. 사람들이 내리는 것을 조용히 기다렸다 순서대로 타야겠다고 마음을 바꾼다. 그러나 이게 무슨 일이란 말인가? 그녀의 몸은 자신의 의지와는 상관없이 열차 안으로 들어가고 있다. 어떻게? 뒤에 선 사람들이 그녀를 마구 밀면서 들어오고 있었으니까.

열차엔 어찌나 많은 사람들이 들어찼는지 몸을 움직이기는커녕, 숨도 제대로 쉴 수 없다. 봉순 씨의 몸은 왼쪽, 오른쪽, 앞쪽, 뒤쪽 사람들과 함께 노끈으로 꽁꽁 묶어놓은 폐지처럼 완전히 붙어 있는 꼴이다. 꼼짝달싹할 수 없어 그저 죽은 듯 찌그러져 있다. 어떤 사람 팔꿈치가 그녀의 등을 계속 찔러댄다. 아파서 죽을 것만 같다. 하지만 몸을 움직일 수 없으니 피할 방법이 없다. 봉순 씨는 그 사람 얼굴도 보지 못한 채, 뼈와 살만 느끼며 서 있다. 숨만 쉬며 버티고 서 있다.

다음은 봉순 씨가 내려야 할 가디역이다. 엄청나게 많은 사람들이 내리고 타는 환승역이다. 그녀는 내릴 준비를 미리 하기 위해 들고 있던 가방을 움켜쥔다. 자신의 골반 부근쯤 위치해 있을 가방이지만 고개 숙여 그것을 볼 수가 없다. 그저 꼭 움켜쥐는 것만으로 그 가방이 자신에게 제대로 붙어 있다는 것을 확인할 뿐이다.

봉순 씨가 가방을 그렇게 움켜잡은 것에는 또 다른 이유가 있다. 열차가 가디역에 정차하고 문이 열리면 엄청난 사람들이 봇물 터지듯 한꺼번에 밀려나갈 것이다. 자신이 그 물결에 휩쓸리게 된다면, 그 와중에 가방이라도 놓치게 된다면 그 후에 벌어질 일은 불을 보듯 뻔하다. 구로역에서 남편을 놓치고 비명 소리만 남기고 떠나가버린 그 여자처럼 자신의 가방도 그렇게 떠나갈 수 있다는 생각이 들었던 것이다. 그런 일이 일어나게 해서는 절대 안 된다. 그녀는 손아귀에 힘껏 힘을 줌과 동시에 입술도 꼭 깨문다.

드디어 열차가 가디역에 도착한다. 문이 열리자마자 수많은 사람들이 한꺼번에 뒤엉켜 나가기 시작한다. 봉순 씨는 그 거대한 힘에 의해 자신도 함께 밀려나가고 있음을 느낀다. 일단 몸은 그렇게 나가면 되고, 가방만 제대로 챙기자, 가방만! 그렇게 굳게 마음을 다진다. 그런데 이상하다. 손에 꽉 잡은 가방이 자신을 따라 나오지 않는다. 계속 잡아당겼지만 요지부동이다. 처음 가방을 잡아당길 때는 뭔가에 걸려 안 나온다는 느낌이었다. 어느 순간, 그것은 걸린 것이 아니라 엄청난 힘으로 누가 잡아당기고 있다는 느낌이다. 바로 판단이 온다. 이건 소매치기다! 다급해진 봉순 씨는 소리까지 지르며 우악스럽게 가방을 잡아당긴다.

"내 가방! 내 가방 놓아주세요!"

맞은편에서 그녀의 것보다 더 가늘게 찢어지는 여자의 소리가 울려 나온다.

"악! 이거 제 가방이에요. 제 가방이라고요!"

이쪽, 저쪽에서 동시다발로 울리는 여자들의 비명 소리에 엉켜 있던 사람들이 놀라 한꺼번에 그들 곁에서 떨어진다. 그제야 열차 안의 상황이 한눈에 보여 봉순 씨는 자신의 모습을 내려다본다.

집에서 곱게 빗고 온 길고 풍성한 머리는 완전히 헝클어진 수세미다. 아니, 그런데 이건 무슨 시추에이션이란 말인가? 왼손은 자신의 어깨에 찰떡처럼 메어 있는 가방을 꽉 부여잡고 있고, 오른손은 생전 처음 보는 젊은 아가씨의 가방끈을 움켜잡고 죽기 살기로 잡아당기고 있는 것이다.

"열차 문이 곧 닫히오니 승강장의 손님들께서는 다음 열차를 이용해주시기 바랍니다."

역사에서 울리는 방송 멘트에 봉순 씨는 아가씨에게 미안하다 전할 시간이 없다. 잡고 있던 가방끈을 그대로 팽개쳐버리고는 문 닫히기 일보 직전 열차에서 사생결단으로 탈출한다.

작가의 말

초등학교 5학년, 나는 문예반에 속해 있었다. 반장이었다. 수업이 끝나고 나면 아이들은 도서실에 모여 글 한 편씩 쓴 다음 담당 교사의 검사를 받고 하교했다. 방학 때도 학교에 나왔다. 매일 한 권씩 책을 읽은 다음 독후감을 쓰고 검사를 받아야 했다.

선생님은 과제를 지시하고 교무실에서 일을 했는데 가끔은 우리가 독후감을 다 쓸 때까지도 돌아오지 않았다. 나는 아이들에게 이런저런 이야기를 해주며 선생님이 올 때를 기다렸다. 할머니, 할아버지와 함께 살았기에 자주 들었던 옛날이야기였다. 도서실로 들어오다가 내 주변에 아이들이 둘러앉아 초집중하는 것을 몇 번 본 선생님이 말씀하셨다. 너는 이다음에 소설가가 되면 좋겠구나.

그러나 나는 그 말씀을 잊었고 다른 직업을 전전하며 살았다. 인생이라는 바다에서 긴 항해를 하다가 내 삶의 배가 항구에 가까워질 무렵에야 어린 시절의 선생님 말씀이 떠올랐다. 문득 돌아보니 그랬다. 내 삶엔, 그리고 내 주변인들의 삶엔 서사가 유난히 많았다. 써봐야겠다고 생각했다. 그동안 치열하게 살아왔던 것처럼 쓴다면 쓸 수 있을 것 같았다. 그렇게 나는 늦은 나이에 글을 쓰기 시작했다.

이 소설집은 나의 두 번째 책이지만 여기 실린 여덟 편의 단편들은 모두 첫 번째 책으로 나왔던 장편소설 「리모델링」보다 먼저 썼던 작품들이다. 그리고 이 책의 표제작이자 등단작인 「바늘털이」는 내게 첫사랑 같은 작품이다.

여기에 나오는 모든 서사는 실제로 존재했던 이야기들이다. 다만 원석을 가공하여 세팅하듯 새롭게 디자인하고 재구성했을 뿐이다. 노벨 문학상 수상자인 프랑스의 작가 '아니 에르노'는 말했다. "직접 체험하지 않은 허구를 쓴 적은 한 번도 없고 앞으로도 그럴 것이다."라고.

나도 그럴 것 같다.

2024년 7월의 어느 날 새벽에

김은호

달아실한국소설 21

바늘털이

1판 1쇄 발행 2024년 8월 23일

지은이 김은호
발행인 윤미소
발행처 (주)달아실출판사

책임편집 박제영
편집위원 김선순, 이나래
디자인 전부다
법률자문 김용진, 이종진

주소 강원도 춘천시 춘천로 257, 2층
전화 033-241-7661
팩스 033-241-7662
이메일 dalasilmoongo@naver.com
출판등록 2016년 12월 30일 제494호

ISBN : 979-11-7207-024-3 03810